星空☆ぷらねっと
Hoshizora Planet

ディーオー　原作
島津出水　著
師走の翁　原画

PARADIGM NOVELS 111

登場人物

星《ほし》見《み》瞳《ひとみ》　正樹の幼なじみ。小学生のころ転校していったが、また天美市に戻ってきた。

今村《いまむら》正樹《まさき》　友愛学園に通う２年生。天文部に籍を置いているが、現在は幽霊部員。

二《に》ノ《の》宮《みや》天子《てんこ》　天文部の部長。実践フルコンタクト天文観測を提唱している強者。

山本《やまもと》ゆかり　正樹たちの幼なじみで後輩。学園にあるカフェでアルバイトをしている。

ジョン・ウィリアムズ　正樹の母親の同僚だったアメリカ人。以前は宇宙飛行士だった。

水島《みずしま》慎《しん》太郎《たろう》　正樹の悪友で同じ天文部に所属。幼いころは、やんちゃなガキ大将だった。

第6章 ゆかり

第8章 瞳

目次

第1章　再会

――こうして、夜空を見上げるのは、嫌いだ。

雨の日は濡れるだけだし、曇天の夜空は単なる暗闇《くらやみ》でしかない。

それに――晴れ渡った星空を見るのは、つらい。

星、天文、宇宙――ロケット。

星空にまつわる全《すべ》てのイメージが、僕の記憶を過去に引き戻し、憂鬱《ゆううつ》な気分にさせる。

去年、友愛《ゆうあい》学園の天文部に入部したのも、自分の意志じゃない。悪友の水島慎太郎《みずしましんたろう》に引きずられるようにして、籍を置いてしまっただけだ。

だから、夏休みが開けた頃《ころ》から、僕は部室に顔を出さなくなった。2年生に進級した今となっては、すっかり幽霊部員だ。

――星空についての最後の「いい思い出」は、僕がまだ小学生だった頃までさかのぼらないといけない。

僕は草原で、同級生の女の子と二人で、夜空を見上げていた。

それは、既に転校が決まっていた女の子との、最後の思い出でもあった。

『いつか、あの星まで行けたらいいね』

引っ込み思案だった女の子が、初めて自分の夢を語ってくれた。

『転校……したくないよう……』

たった半年のクラスメートだった僕に、彼女は涙ぐんでみせた。そして。

『今度会う時は、笑ってみる』

ほとんど笑ったことのない彼女が、そう約束してくれた。

――あれから、もう何年経《た》つんだろう。

女の子はこの天美市《あまみ》から去り、僕は星空が嫌いになった。

じゃあ、女の子がこの街に戻ってきたら、僕は再び星空を好きになるだろうか？

――恐らく、そんなことはないだろう。昔の、つらい記憶がなくなることは、ないのだから。

「……さき……」

そういえば、あの女の子は、僕のことを覚えてるだろうか？

「……おい、正樹《まさき》……」

僕も、彼女の名前をすぐには思い出せない。えーと、確か――。

「コラァ！　聞いとんのか、今村正樹《いまむら》ぃっ！」

そうそう、イマムラマサキ――って、僕の名前じゃないか！

驚いて後ろを振り返ると、そこにはあきれ果てた表情の慎太郎が立っていた。

「オマエ、魂抜かれたみたいな顔して、何をボサーッと廊下に突っ立って、窓の外を眺めてんねん？」

「い、いや、ちょっと、物思いに……」

「オマエがそんなロマンチストやなんて、初耳やぞ」

そう言って、ニカッと笑う慎太郎。こんな時のコイツの表情には、ガキ大将をそのまま大きくしたような雰囲気がある。

「ところで、どや？」

「ん ー？　何が？」

「新しい学年、新しいクラス……色々環境も変わったワケや。人それぞれやけど……なんやこ〜、ムズムズするモンやないか？」

「そうかなぁ？」

相も変わらず元気な男だ。その無駄に高いテンションを目の当たりにして、僕はそっとため息をつく。

それを見とがめて、慎太郎はすかさずツッコミを入れてきた。

「カ〜ッ！　マブダチの言葉にため息を返すとは、どーゆうコトやねん⁉　ホンマ、オマエは冷たいオトコやなぁ」

「はいはい、悪かったよ」

「あんなぁ……」

慎太郎は僕の反応の悪さに、少し表情を改めて言った。

「なんもせんかったら、なんも変わらんで？　せっかくなんやから、なんや自分から動いてみるのもえーんとちゃうか？」

「うーん、そんなモンかなぁ……」

生返事を返したものの、僕にだって慎太郎の言うことは理解できる。コイツはこれで、いつまで経っても無気力な僕を、気遣ってくれているのだ。

「そんなワケで……部活は来週からスタートや！」

――ま、それが言いたかったんだろうなぁ、とは思ったんだが。

「まぁ、考えておくよ」

「気が向いたらキミも来るとエエわ。ほな、また明日なぁ」

「え？　先に帰っちゃうのか？」

「これからバイトなんやわ。今度買おうと狙《ねろ》うとる望遠鏡は、値段がチト高くてな」

「お、お前、もう10台以上も天体望遠鏡持ってるじゃないか！　これ以上買って、どーすんだよ⁉」

「ほいじゃ、お先ーっ」

結局、慎太郎はさっさと、階段へ消えていった。

あの、望遠鏡フェチめ――家中、望遠鏡で埋め尽くすつもりか？

――数分後、僕は天文部の部室の前に来ていた。

理由を聞かれても、答えに困るけど――たぶん、慎太郎との会話で、久々に〝気が向いた〟んだろう。

〝来週スタート〟ってことは、今日部室に行っても、他の部員と鉢合わせて、気まずい思いをすることもないだろうし。

「まあ……ちょっとだけ、覗《のぞ》いていこうかな」

自分に言い聞かせながら、部室に入ろうとした、その時。


ガタン！


――室内から、物音が聞こえてきた。

誰《だれ》かいるのか？　それにしては、明かりが点《つ》いてないようだけど――。

「あ〜ん、抜けないよ〜う」

不意に、女の子の泣き声が聞こえた。

同時に、何かがジタバタしているような音もする。

「やだあ、わたし太っちゃったのかなあ？」

――何のこっちゃ。

とりあえず、僕は扉の鍵《かぎ》をあけ、おもむろに室内へ足を踏み入れる。

中に、人影はない。間違いなく、女の子の声が聞こえたはずなのに、何故《なぜ》だろう？

——真相は、すぐ頭上で明らかにされた。

「あ……抜けちゃう……な、なんで、なんでぇ⁉」

「え？　……ぬわぁっ⁉」

「きゃあ！」

悲鳴が聞こえた次の瞬間、僕は背中に衝撃を受け、リノリウムの床にキスをさせられた。

おかげで、歯と鼻が異様に痛い。

「……ああっ⁉　ご、ごめんなさいっ！　あ、あの……大丈夫ですかぁ？」

どうやら、上から女の子が落っこちてきたらしい。

もちろん、大丈夫じゃない。

「は、早く……どいて、ください……」

絞り出すような声で、懇願する僕。

「は、はいっ！　……って、あれ？」

「…………？」

女の子は僕の上からどこうとして、不意に動きを止めた。

そして。

「きゃあぁぁぁぁっ⁉　わ、わたしのスカート、どこ行っちゃったのーっ⁉」

いきなり悲鳴を上げながら、僕の上で暴れ出した！

「ぐ、ぐええ……ど、どいて……胃が破裂、する……」

「ダメです、今はダメです……あーっ、ダメダメダメ！　起きないでくださーい！　見ないでぇー！（ゲシゲシゲシ！）」

「はぐべぼしっ‼」

容赦ない蹴《け》りが、僕を襲う。

「わたしのスカートがないんですーっ！　今起きたら見えちゃうーっ！」

「わ、わかったから……僕の上着を貸すから……（ゲシッ）ぐはぁ！」

――結局、僕が理不尽な暴力から解放されたのは、どうにか上着を脱いで女の子に渡した後だった。

「ふぅ～、死ぬかと思った……」

「ご、ごめんなさい～」

女の子は、下半身を僕の上着で隠しながら、申し訳なさそうな表情を見せた。少しハネ気味の長髪が似合う可愛《かわい》らしい娘《コ》だが、着ている制服がウチの学校――友愛学園のものではない。

彼女が、おもむろに天窓の辺りを見上げた。そこには、彼女のモノと思われるスカートが引っかかっている。

「きっとスカートが抜けたから、身体がスルッと落ちちゃったんだね」

「うう、恥ずかしいよう……」

そりゃあ、恥ずかしいだろうとも。

女の子はスカートを取ろうと、その場でピョンピョン飛び跳ね始めた。

しかし、小柄な体格をカバーできるほどには、ジャンプ力はないようだ。目一杯手を伸ばしても、スカートには指先すら触れることができない。

「と、届かないよ……えと、何か棒みたいなモノは……」

素手で取ることをあきらめた彼女は、いそいそと用具ロッカーを開く。モップでも取るつもりなのだろう。

ところが。


ガラガラガッチャーンッ！


「きゃん!?」

ロッカーの中に詰め込まれていたモップやらホウキやらが、彼女に向かって一斉に倒れ込んできた。

何というか――とんだ、トラブル・ガールだ。

「いた～ぃ……」

「しょうがないなぁ……よっと」

僕は軽くジャンプして、天窓に引っかかったスカートをつかみ取る。

「はい、どーぞ」

「わぁ、ありがと～っ！」

すると女の子は、これ以上ないくらい嬉《うれ》しそうに笑った。

「うふふ、すごいんだ。あんな高い所なのに♪」

「スカート取りに無理されて、また落ちてこられたらたまんないからね」

「えー、そんなことないよー。わたしだって、同じような失敗は二度も三度も………」

「繰り返さない？」

「………善処しますです、はい」

照れながらモジモジする仕種《しぐさ》が、なかなか可愛らしい。

女の子は窓際のカーテンの裏へ行って、スカートをはき直す。

さりげなく視線を逸《そ》らしながら、僕は当然の質問をした。

「ところで……一体ナニをやってたの、キミは？」

すると、カーテンが妙な揺れ方をした。女の子がカーテンの裏で、身振り手振りを交えて説明を始めたのだ。

「えと……だからね、ここに入ろうと思って……けど鍵が掛かってたから天窓から入ろうとしたんだけど、その……お尻がひっかかって抜けなくなっちゃって……で、そしたらあなたがやってきて、そしたらいきなり抜けちゃって……その…………」

「で、僕の上に落ちたと……」

あきれかえる僕。そんなことまでして、この部室にどんな用事があったのやら。

ふと、僕は気付いた。

「ところで、まだ名前聞いてなかったっけ？」

「はうっ！」

女の子は何故か、カーテンの向こうで驚いて飛び上がる。

そして次の瞬間、いきなりダッシュで（もちろんスカートはちゃんとはいて）飛び出してきた。

「上着、お返ししまーす！」

「え？　ち、ちょっと……」

「しゅたっ！」

すれ違いざま僕の胸元に上着を押しつけた後、正体不明のトラブル・ガールは、そのまま逃走した。

バタンッ！

「きゃんっ⁉」

――廊下でコケたらしい。

「な……何だったんだ、あのコは？」

僕はひとり、部室で呆然《ぼうぜん》と立ち尽くすしかなかった。

数日後の朝。

「なぁ、正樹ぃ。英語の宿題やってきたか？」

「んー、いちお～」

「やり！　見せてぇなぁ～」

「えーい、擦《す》り寄るなっ！　朝っぱらからうっとうしい！」

僕はいつものように、慎太郎とくだらないことを言い合いながら登校してきた。

「イヤやなぁ、コレは親愛表現やないか？」

「そんな親愛はいらん」

「ひどっ！」

「ひどくない」

「オマエには、友達甲斐《がい》っちゅーモンが……ん？」

ふと、抗議しかけた慎太郎が、廊下の向こうに目を向ける。

その視線を追って――僕はつい、声を上げてしまった。

「げ」

そこにいたのは、うちのクラスの担任と――先日の部室不法侵入ローリングヒップアタック少女。

しかも、着ているのは友愛《ウチ》の制服である。彼女も僕のことに気付いたのか、驚きで目を丸くしていた。

「おぉ、いいところに来たな。この子を教室まで連れて行ってやってくれないか？」

担任の言葉にも応《こた》えず、僕はとっさに少女を指差した。

「キ、キミはこの間の……」

「はう～っ、それは言わないでぇ～っ！」

彼女は彼女で、目の前に手をかざして、僕の視線を恥ずかしそうにさえぎる。

二人の様子に、担任が意外そうに言った。

「なんだ今村、星見《ほしみ》とは知り合いか？」

「星見⁉」

「今村⁉」

——図らずも、僕と彼女の声がハモる。

息が詰まりそうなほどの、驚愕《きょうがく》。

「星見って……もしかして、星見瞳《ひとみ》さんかいな⁉」

慎太郎までが、僕の横で驚きの声を上げる。

その時、僕の脳裏をよぎったのは——あの夜の、泣き顔。

『転校……したくないよう……』

あの女の子が——星見瞳さんが、天美市に帰ってきたのか！

と。

「っぱり……」

「えっ？」

「やっぱりそうだったんだぁ！　まーくぅん！」

少女は僕に抱きつこうとしてか、両手をバッと広げて飛び出そうとした。そして。

ベタンッ！

――その瞬間に、コケた。

顔面からマトモに落ちた彼女は、数秒間ピクリとも動かない。

「………………」

あまりにも見事なコケっぷりに、その場にいた全員が言葉を失う。

やがて、僕たちの視線を浴びながら、彼女――星見さんは起き上がった。

「うっく、うっく……いたひ……（ズルッ）」

鼻水をすすり、泣くのを必死にこらえているようだ。

立ち上がるのに、手を貸した方がいいかな――そんなことを考えた僕の視線が、不意に星見さんのそれと重なり合う。

「あっ」

ドキリとするヒマもなかった。

「……まーくぅんっっっ!!」

「どえ～っ!?」

次の瞬間、僕は改めて星見さんに、足元から飛びつかれるようにして抱きしめられた。

「あ、あのぉ、星見さん……？」

「むーむー！　瞳って呼ぶべし！」

「ひ、瞳ちゃん……」

「ちゃん付けなんかしないで！」

「じゃ、じゃあ、瞳、先生が見て……」

「平気っ！」

「ま、周りの人も見てるし……」

「大丈夫っ！」

「それに苦し……」

「我慢してっっ!!」

何を言っても、星見さん——いや、瞳は僕の身体から離れようとしない。

周囲を見渡すと、あきれたらしい担任と慎太郎が、僕たちを置いて教室へと消えていく姿が見える。

ギュウッと抱きつく瞳の身体からは、ほんのりと甘い香りがした。

「嬉しい、ホントに会えた……まーくん」

彼女の感極まった声を聞いて、僕はふと、小さな疑問を抱いた。

「……ええと、ところで……」

「ん？　なぁに、まーくん？」

「その〝まーくん〟って、ナニ？」

「……………」

瞳は少しだけ上体を離すと、不思議そうな顔をして僕を眺め、鼻先にピッと指を突きつける。

「今村正樹だから、まーくん♪」

――理由になってません。

つーか、昔はそんな呼び方しなかったじゃないか。

「だから、まーくんもわたしのこと〝ヒトミン〟って呼んでいいよ」

「そんな、怪獣の名前じゃあるまいし……」

「むーむー」

――怒ってるらしい。

確かこのコ、昔はこんなキャラじゃなかったような――。

それはそれとして、僕には言うべきことが、ひとつだけあった。

「とりあえず……」

「ん？」

「久しぶりだね、瞳」

途端に、瞳の笑顔が一層輝く。

「うんっ！」

その笑顔に、僕はようやく胸が熱くなるのを感じた。

『今度会う時は、笑ってみる』
瞳は——あの日の僕との約束を、守ったのだ。

第2章　天文部

「今村先輩……相変わらず、まったりしてますねー」

「まあ、帰ってもやることがあるワケじゃないしね」

――学園の片隅で営業しているカフェ『迎賓館《げいひんかん》』。

部活に顔を出さない僕は、放課後になるとしばしば、ここでヒマつぶしをする。何故《なぜ》なら『迎賓館』では、幼なじみでもある後輩の山本《やまもと》ゆかりちゃんが、ウェイトレスのバイトをしているのだ。

「でも、こんなにいい天気なのに、イイ若いモンがこんなんじゃ、すぐに老けちゃいますよォ？」

「お客さま相手に、ヒドイこと言うなあ」

「あら」

不平を鳴らす僕に、ゆかりちゃんは底意地の悪い表情で一言。

「まだ、ご注文は承っておりませんけどねえ」

「……ブレンドコーヒーひとつ」

「あいあーい、毎度ありーっ」

愛嬌《あいきょう》たっぷりの営業スマイル（0円ナリ）を見せて、彼女はいったんカウンターへ去っていく。相変わらずクルクルと表情の変わる、明るいコだ。

ほどなく、コーヒーカップを乗せたトレイを持って、ゆかりちゃんが戻ってきた。

「ところで先輩、あたしもこないだ、久しぶりに瞳ちゃんに会ったんだけど……」

「久しぶりに？　……ああ、そーいえば、ゆかりちゃんも瞳のコト知ってたっけ」

子供の頃《ころ》は、ゆかりちゃんは僕と一緒に遊ぶことが多かった。だから当然、彼女が瞳と会ったこともあるワケだ。

「でも、瞳ちゃんって、昔と雰囲気がずいぶん違くないですか？」

「そうかい？」

「昔は……暗かったってワケじゃないんだけど、何かこう、みんなとあんまり打ち解けられなかったってゆーか、自分でみんなとの間に壁を作ってたってゆーか……」

ゆかりちゃんの述懐は、たぶん正しい。

当時の瞳は、自分から積極的に、クラスメートと交流を持とうとはしなかった。

親の都合で何度も転校を繰り返していたから、ということもあるんだろうけど——それ以上に、もともと友達付き合いが苦手だったんだろう。

新学期から時間が経《た》っての転校だったこともあって、瞳は既に形成されていた人間関係に入り込むことができず、クラスの中で孤立してた。

そんな感じだったから、再会したばかりの瞳は、ほとんど別人なんじゃないかと思えてくるぐらいだけど——。

「お、ウワサをすれば……いらっしゃいませー♪」

ふと、ゆかりちゃんが入口に向かって営業スマイルを振りまいた。

「あーっ！　やっぱりまーくん、ここにいたーっ！」

間を置かず、店内に入った瞳が、僕の両肩に飛びついてくる。

そして、出し抜けに一言。

「ねえまーくん、一緒に部活行こうよぉ」

「部活？」

僕は、危うく顔をしかめそうになるのを、どうにかこらえた。やはり、部活には——天文部には、あまり行きたくないのだ。

「いや、僕は……」

「ん？」

しかし、それを知らない瞳は、無邪気な笑みを浮かべている。昔はこんな表情できる女の子じゃなかったのに——月日の流れは偉大だなぁ。

「ねぇねぇ、ぶ〜か〜つぅ！」

「いや、もうそろそろ帰るよ」

「むーむー！　部活さぼっちゃだめだよぅ」

「幽霊部員だから、いいんだ……」

ごねる瞳に抵抗しようとして、僕はふと疑問に思う。

「一緒にって……瞳、僕の部活知ってんの？」

「うん。天文部でしょ？」

「……誰《だれ》に聞いたの？」

「はい。慎太郎君に聞きましたです！」

——あんのヤロォ、余計なこと教えやがって！

「じゃ、そーゆーコトで」

僕は、コーヒーの代金をテーブルに置き、そのまま何事もなかったかのように『迎賓館』を去ろうとした。と。

「ていっ！（ガシッ）」

「うわっ⁉」

瞳は見逃してくれない。駆け出そうとした僕にしがみつき、非難の声をあげる。

「逃げちゃダメ〜ッ！　ちゃあんと案内するのです！」

「で、でも……」

「むーむー！」

そんなコト言われても（ムニ）って、おりょ？

何だ、この、腕に当たるマシュマロみたいな感触は（ポヨンポヨン）——おおおおっ！

こ、これはまさか、瞳ちゃんのオッパ（ポヨヨンポヨヨン）——うおおっ！　そ、そんなに押しつけちゃあ――ノオォォォォッッ!!

「とにかく、一緒に行くの！」

「ふぁいぃ……げっ」

「♪」

しまった、と思う間もない。

男というのは、下心に負けるようにできている――つくづく思い知らされながら、僕は瞳に引きずられていく。

店を出る間際、ゆかりちゃんが愉快そうに「いってらっさーい」と手を振るのが見えた。


「お、お久しぶりでーす……」

メチャクチャ気まずい思いで天文部室に足を踏み入れると、慎太郎が不自然にオーバーなアクションを見せた。

「お？　おおおおおおおおーっ!?」

「な、何だよ」

「正樹が部活に来よった！　大事件やんかー！」

「お前が瞳に余計なこと教えたんだろうがっ！」

つい、まともに言い返してしまう僕。

「まぁ、まぁ、そないに高ぶらんと、落ち着かんかい」

当然、慎太郎は面白がってるだけだ。

「瞳ちゃんも、いらっしゃい」

「えへへ。連れてきたよん」

瞳は嬉《うれ》しそうに胸を張る。すると、自然と前にチョコンと突き出される、ふたつのやーらかそーなふくらみ――いかん、さっきのことで、つい意識してしまふ。

「ふっ。さすがの正樹も瞳ちゃんの誘惑には逆らえんかったとみえる……」

瞳の数倍嬉しそうな慎太郎。コイツの場合、嬉しがってる理由があからさまに不健全そうだけど――。

「こらもうデキとるな。完成しとるな！」

「……何が？」

「その……合一っちゅうか、融合っちゅうか……その、肌と肌が触れ合って……先端が秘密の花園に。そ、そして、正樹の威勢のええエッフェル塔が………（ゲシッ）はぶぅ！」

案の定、ハァハァと荒い息を吐き始めた慎太郎を、僕は蹴《け》りを入れて黙らせる。

「あまり下品な方向に行こうとするなよ」

「そ……そや、ええタイミングのツッコミや……」

なんのこっちゃ。勝手に漫才やってたことにすな。

ところが、慎太郎の〝相方〟は、僕じゃなかったらしい。

「まーくんってエッフェル塔なんだぁ……わー、わー、どうしよう⁉ 万国ビックリショーだったらどうしよう……で、でも東京タワーかも知れないし…………」

「こらこらこらこらっ！」

とんでもないことを口走る瞳に、僕はひとりで慌てふためく。

もちろん、慎太郎は瞳のボケに感涙している。

「うんうん、ノリのえぇ子に育ったもんや」

――『一緒にヨシモト目指そう』とか言うなよ？

その時、僕はふと、恐ろしいことに気付いた。

「あ……ところで、部長は？」

「まだや。でも、もうじき来るんちゃうかな」

――やっぱり。

「あぁ、来ちゃうのか……」

「しっかし、キミが復帰するとなると、またココも楽しゅーなるわー」

「はぁ、部長やだなぁ～」

「無視すなや、オマエ」

「……そんなに恐《こわ》い人なの？」

ガックリとうなだれる僕を見て、瞳が不安そうな声をあげる。

「せやなぁ……恐ないゆーたら、果てしなくウソになるさかいなぁ」と、慎太郎。

「特に、幽霊部員には当たりがキツイんちゃうか？」

「そ、そうなんだ……」

「……やっぱり帰る。瞳、ゴメン」

「あー、だめーっ！」

「放して許して見逃してーぇ！」

しがみつく瞳と、哀願する僕の姿に、慎太郎は大喜びである。

「わはは、もう尻に敷かれとるんかー！」

「賑《にぎ》やかだな」

「そらもうアンタ、正樹は戻ってくるわ、星見さんはおもろいわで…………あ」

背後の声に振り返った慎太郎は——その場で直立不動の姿勢をとった。

「ぶっ、部長っ⁉」

「うむ」

——出た。出てしまった。

天文部部長、二ノ宮天子《にのみやてんこ》先輩。

独自の実践フルコンタクト天文観測（？）を提唱し、部活動にも積極的に取り入れている、苛烈《かれつ》・豪快・熱血の三拍子揃《そろ》った人物。

彼女の方針を反映して、天文部は非常にしつけが厳しかったりする。

「あ、部長さんですか？　初めまして、新入部員ですー！」

瞳もすかさず、直立姿勢を腰から曲げておじぎする。

「カノジョ、俺らの昔なじみなんですわ」

慎太郎が、横からフォローする。しかし。

「ほぉ、そうか」

——天子部長の強烈な視線が、僕からはずされることはなかった。恐い。

「あの、その、お久しぶりでございます……」

「…………」

「あは、ははは……いやあ、本日はお日柄もよく、絶好の観測日和！　しし座かみずがめ座あたりがよく見えそうで……」

「みずがめ座は秋の星座だ」

「ああ、そう！　そうなんですよ、いや、まったくそうですよね！」

「今村……」

「……………………はい」

「貴様ぁ……どの面さげて戻ってきたかぁ！」

「わー、許してくださーい！」

「断じて許さん！　ええい、半年もサボりおって！　たるんでいる！　根性を叩《たた》き直してやるから、そこに座れぇぇぇぇぇぇい！」

「わぁぁぁぁぁぁぁぁぁぁぁぁぁっ！」

――僕の姿がボロ雑巾同然になるまで、３分とかからなかった。

「よし、許す！」

「……ありがとうございまひゅ……」

その場で朽ち果てる僕を、瞳が介抱してくれる。

「だ、大丈夫？」

「ね、恐いって言ったでしょ？」

「あはは、はは……わたしも気をつけようっと……」

それが賢明です、瞳さん。

天子部長は、何事もなかったように口を開いた。

「さてと、それでは今夜の活動を説明する」

「今夜は屋上にて、午後10時まで観測会を行う。Ａ班は星雲の撮影、Ｂ班は星座観測、Ｃ班は自由観測。今村はＣ班に入って、星見に機材の使い方を教えてやれ」

「はい」

「宿泊許可が下りなかったから時間がない。機材運搬開始、急げ！」

部長の号令とともに、部員たちは一斉に望遠鏡や双眼鏡の入った箱を運び始めた。厳しい教育のたまものか、全員動きがキビキビしている。

「今村、ぐずぐずするな！　青春の日々は有限だ！」

「は、はい！」

この叱咤《しった》を受けるのも懐かしい。

——ともあれ。

僕はこうして、天文部に復帰してしまったのだった。

嗚呼《ああ》、さらば自由の日々。


結局、部活が終わったのはかなり遅くなってからであった。

「……普通、学校の部活で9時は越えないよなぁ」

と一人ごちても仕方がない。

僕は久しぶりの労働に疲れ、足取り重く帰路についていた。

ポテポテ。

――タタタ。

ポテポテポテ。

――タタタ。

「ん？」

ふと、僕の足音に重なる別の足音に気付く。

「…………」

ポテポテ。

――タタタ。

ポテポテポテ。

――タタタ。

「…………………」

誰かが、僕を尾行してるのか？

「な、何奴!?」

――って、ストーカーだとしても返事するワケないか。

僕は少し早足で歩く。

そのまま足を速め、駆け足になり、突然ストップしてみる。

ポテポテポテ。

——タタタ——ベチッ。

微妙にずれた足音や、どうやら転んだらしい音が聞こえてきた。かなりドジなストーカーのようだ。

「ま、いっか……」

僕は、その足音を背後に聞きながら、アパートまで普通に歩き続けた。

そしてアパートに着いた途端、後ろを振り返らず、ダッシュで階段を駆け上がる。

案の定、バタバタとした足音が続き、

「……ふきっ！（ズベシッ）」

——あっという間に転んだ。

そろそろ正体を暴いてやるか——僕はおもむろに振り向く。

しかしそこには、意外な人物の姿があった。

「ひ、瞳？」

「はーうー……」

何故か瞳が、階段を転げ落ちてクシャクシャになっていたのだ。

「はらほろひれはれ……」

目を回している彼女を、僕は慌てて介抱する。

「だ、大丈夫？」

「はふぅ……ビックリしたぁ」

「ビックリしたのは、こっちの方だよ。あの……どーして僕の後を？」

恐る恐る尋ねる僕。瞳の答えは、さらに驚くべきものだった。

「アワワ……あの、実はわたしのウチもここだから……」

「はっ⁉」

「引っ越してきたです」

「………………」

そう言われてみれば、2、3日前、隣がガタガタしてたような気が——。

僕は黙って、隣の表札を見る。

星見瞳。

「……なるほど」

「えへへ、よろしくね♪」

「うん……でも、ストーカーじゃあるまいし、一言声を掛けてくれればよかったのに」

「あい……ごめんなしゃい」

恥じ入るようにうつむく瞳を見ていると、思わず苦笑いがこみ上げてくる。

にぎやかな隣人ができて、僕の新学期は騒がしいものになりそうである。

第3章　追憶

どうして学校帰りに、アパートから遠く離れた、こんな場所までやってきてしまったんだろう――この数年、一度として訪れたことなどないのに。

瞳との再会が、僕に気まぐれを起こさせたのかもしれない。

終点に到着したバスを降り、目の前の風景を数年ぶりに視界に収めた。

フェンスがずらっと囲む、学校の校庭よりも広大な場所。

その真ん中に、いくつかの建物。

校舎より小さい施設がほとんどだが、たまに大きな工場もある。

『三陸技研航空開発事業部・天美工場』――僕の母・今村夏樹《なつき》が働いていた場所だ。

ここに立っているだけで、膨大な量の追憶が、僕の脳裏を駆け巡る。


『ただいまー』

『あら、まーくん、おかえりなさい』

『ジョンいるー?』

『んー、ジョンはねえ、今ちょっと買い物に行ってもらってるの』

『今日は帰ってこないとか?』

『30分くらいで戻ると思うけど。食材の買い出しに行ってるだけだから』

『……ジョンが食材を?』

『滑走路が広くて、街に行くのが大変だからみんな表に出たがらなくてねー』

『それ、おかーさんもでしょ？』

『おほほほ。いーのよ、ジョンは体力有り余ってるんだから』

ジョン・ウィリアムズ——世界的な作曲家と同名の、アメリカから来た友人。

母の仕事を手伝っていたようだけど、詳しいことは今も知らない。

いつも暇を持て余していて、子供の頃《ころ》の僕とよく遊んでくれた。

追憶の中でも僕は、ジョンと遊ぶために学校から自宅ではなく、ここへやってきていた。

『……ジョンってどんな仕事してんだろ？』

『んー、いろいろね』

『何でもできるってこと？』

『雑用ならなんでもね。彼、器用貧乏なのよ』

『ふーん』

『よっ、来たな少年』

そこへ、ジョンが戻ってきた。山のような荷物を、太い両腕で楽々と抱えている。

『街中を回って、安い所を探しまくったよ』

『お金なかったの？』

『いんにゃ、単なる趣味さ』

『ヘンなの』

『財テクと言ってくれ』

『？』

〝財テク〟という言葉の意味が分からない僕の様子に、ジョンは愉快そうに、流暢《りゅうちょう》な日本語で言ったものだ。

『まだマサキは、Ｍｏｎｅｙのことなんか考えなくてもいいのさ！　それより、遊びに来たんだろう？』

『うん！』


――ジョン、か。今は、どこで何をしているんだろう。

そもそも、ここで彼は何の仕事をしていたんだろう――以前はＮＡＳＡの宇宙飛行士だったという、あのジョン・ウィリアムズは。まあ、今となっては知る術《すべ》もないけど。

フェンスに囲まれた、学校の校庭よりはるかに広い空き地。

周囲を見渡しても、監視する者は誰《だれ》もいない。

「……いいよな？」

誰にともなく呟《つぶや》いて、僕はフェンスを越えた。

雑草の生えた大地に飛び降りて、あてもなく散策してみる。

廃墟《はいきょ》のようになった建物の壁面には、所々にツタがまとわりついていた。

一部の建物は、半分ほどが崩れ落ちてしまっている。自然になったものじゃない。

そして、何か途方もない、爆発みたいなものでえぐり取られた痕が、そのまま残っている。

「………」

その光景が、僕につらい現実を突きつけた。

ここにはもう、何もないのだ――夢も、希望も。

「つわものどもが夢のあと……か」

もう、引き返そう。ここには残骸しかない――そう思った、その時。

「あれ？」

僕は、見覚えのある車のシルエットを見つけた。

近寄って、確かめる。

ドイツ車の軽――66年式の、フォルクス・ワーゲンT－1ビンテージモデル。

この車に乗っている人物に心当たりは、たった一人。

僕は、走る。

すぐ近くにいるんだろうか？　だとしたら、どうして今になって？

――どのくらい、走っただろう。

ずいぶん走って廃墟の角を曲がった時、少し離れた所に一人の男の人が立っていた。

管理されなくなり、少し古びた建物を見ている——金髪の異国人。

「……ジョン？」

呼びかけると、鮮やかな碧眼《へきがん》がこちらを振り向いた。

「……君は……マサキ……か？」

「ジョンだ、やっぱり！」

「マサキじゃないか！」

金髪の異国人——ジョンは、いきなり僕を抱きしめてくる。

「うわっ！」

久しぶりのアメリカン・スキンシップであった。

「大きくなったな、マサキ。さあ、よく顔を見せてくれ！」

「……変わってないね……ジョンは」

「いやいや、私ももう、40代手前のオジサンだよ」

言いながら、豪快に笑う。本当に、昔と変わらないビッグ・スマイルだ。

「ところで、今は何してるの？」

とりあえず、一番知りたいことを尋ねると——ジョンの答えは、僕にとってかなり意外なものだった。

「今はアイン教授のところに世話になっているよ」

「……天美電波観測所で⁉」

「ああ。いろいろと雑用をしているよ」

天美電波観測所――宇宙から地球に届いた電波などを観測する施設。ロケット関係の研究実験を行っていた三陸技研とは勤務内容が異なるけど、ジョンが宇宙関係の仕事を続けていることに変わりはなさそうだ。

ということは――ジョンは、まだ夢を捨ててないんだろうか？

訊《き》きたい――でも、それは訊けない。

訊けるワケがない。

ジョンは間違いなく、夢に向けて数年間は遠回りを強《し》いられている。

それはもしかしたら――僕のせいかもしれないんだ。

ジョン・ウィリアムズ。

いつも陽気で冷静な、僕の古い友人。

彼に叱責《しっせき》されたのは、〝あの日〟のただ一度だけ――。


その後、僕とジョンは一緒に夕食のひとときを過ごした。

僕の学校生活や、ジョンのワーゲンのことなどを、楽しく語らった。

宇宙に関係する話題は、できる限り避けた。

——やがて僕は彼と別れ、トボトボと帰途につく。

ようやくアパートにたどり着いた、その時。

「あっれー？　まーくんだぁ！」

「……瞳？」

何故《なぜ》か瞳が、未《いま》だに制服姿のまま、アパート前にいた。彼女も、今帰ってきたばかりなんだろうか。

「こんなに遅くにどうしたの？」

「えへへ、カラオケ行ってたのです」

——納得。

「まーくんは？」

問われて、僕もまだ制服姿だったことに気付いた。

「ジー…………」

瞳は怪訝《けげん》そうな表情で、僕の答えを待っている。

だけど、ジョンと会っていた——と言っても、仕方がないか。

「いや、別に……その辺をブラブラしてただけだよ」

僕が言葉を濁すと、瞳は大げさなアクションで言った。

「まさか、まーくんって不良さん？」

「んなワケあるかっ！」

「たはは……そか、よかった」

——何がよかったのやら。

「今度は僕も一緒にカラオケ行きたいな」

「うんっ！　わたしのお歌を、たぁくさん聞かせてあげるね」

お互いの家まで数歩の距離。

僕たちは他愛もない話をしながら、ゆっくりと歩いた。


『バカみたい』

——唐突な台詞。

これが夢であることを、僕はすぐに理解した。

『そんなにバカみたいかなぁ』

『どうして……かまうの？』

『どうしてって、このままじゃ星見さんが孤立しちゃうと思ったから』

『いいじゃない、孤立したって。関係ないんだし』

『イジメとか、嫌いなんだ、僕』

『………』

子供の頃の僕と瞳――脳の奥底に刻まれていた、それは記憶の再現。

『昔、この学校に入った頃とか、イジメられてたんだ、僕。すっごくイヤでさ。学校なんて行きたくないって思うようになった』

『………』

瞳の口は、重い。今の瞳からは想像もつかないが、彼女はもともと、口数の少ない女の子だった。

でも、夢の中の僕は、構わず続ける。

『幼稚園とか、平和なもんでしょ？　それがいきなりイジメって感じでさ、ショックだったよ。学校なんて二度と来るかって思ったね』

『………』

それにしても――どうして今頃、こんな夢を見るんだろう？

ジョンに会ったから？

それとも――。

『今はもうクラスが替わったから平気だけど、さ』

『……学校』

『ん？』

『イジメられてた頃、学校休んだ？』

『仮病使ったけどすぐバレちゃった、あはは』

『…………』

『でもね、イジメはされる方がちょっと注意すれば、けっこうだいじょぶなモンなんだ。星見さんって、いろいろ言われるとカチンと来るほうでしょ？』

『……うん』

『そういう時、ぐっとガマンしてみたら？　だまされたと思って。逆に笑ってやるといいかもしんないね。どう？』

あぁ——僕ってこの頃から、いいかげんな男だったなぁ。それに引き替え、昔の瞳は、真面目というか頑固というか——。

『……友達なんて作ったって、しょうがないもん』

『どうしてさ？』

『どうせすぐ転校するし……それに、こういうの慣れてるから』

『でも……』

『いいの、本当に。それじゃ、さよなら……』

寂しそうな顔――今の瞳からは考えられない表情だ。
いや――今の瞳の方がおかしいのかな？
おかしな、不思議な――。
答えを出せないまま、僕は再び深い深い眠りの底へ落ちていった――。

第4章　望遠鏡

季節は梅雨《つゆ》――ジメジメした毎日が続く。

「いくら本降りじゃないっていっても……こうも小雨が止まないと、それだけで気が滅入《めい》ってくるなぁ」

ボーッっと窓の外を眺めながら、思わず物憂げに呟《つぶや》いてしまう――そんな、授業の合間の休憩時間。

転校以来、いつもいつも意味不明のこと（トイレに行こうとして廊下で○○○とか、友達の席に行こうとして×××とか、とても説明できないような行動）ばかりしている瞳だが、この時はそれに輪をかけて変だった。

僕の席の真ん前で、延々と不審な挙動を取り続けていたのだ。

ウロウロウロウロ。

ウキ！　↑サル。

「…………」

ウロウロウロウロ。

コケ！　↑ニワトリ。

「…………」

ウロウロウロウロ。

クゥン……　↑イヌ。

「……何やってるの？」

とうとう根負けした僕が尋ねると、瞳はピタリと動きを止め、その場で一瞬〝溜《た》め〟を作った。

「う〜っ……ビバ・望遠鏡！」

そして、晴れやかな宣言と同時に、カバンの中からさまざまな望遠鏡のパンフレットを取り出す。

「わたし、望遠鏡が欲しいのぉ！」

「そ、そっか……買うんだ？」

「うん！　で、どれがいいか悩んじゃって」

——どうやら、さっきの『ウキ』とか『コケ』とかは、瞳なりに悩んでいるポーズだったようだ。

軽くあきれながらも、僕は彼女の相談に乗る。

「そうだねぇ……やっぱり屈折望遠鏡かな。小口径のものは特に初心者向けで、手入れも簡単、映像は鋭い。ビギナーお薦めの一品だよ」

「ふみふみ……」

「まぁ、口径が大きくなると値段も跳ね上がるんだけど、１００ミリくらいなら充分手の届く範囲じゃないかな？」

「いろいろ種類があるみたいだけど……？」

「口径の違いや、あとレンズの違いもあるからなぁ」

「レンズ？」

「うっ……」

これ以上突っ込まれるのは、さすがにキツイ。

と、そこへ。

「それはやなぁっ！」

「わあっ⁉」

目をキラキラと輝かせ、望遠鏡フェチの慎太郎が話に割って入ってきた。

「普通のタイプはアクロマートレンズゆーのが使われとるんやけど、その他にも蛍光結晶やEDガラス、SDガラスなんかを用いたものもあるんや！」

――マニアックな知識を披露する慎太郎。

僕も人並み以上には望遠鏡に詳しいつもりだけど、コイツがガラスだの結晶だのといった話まで始めると、ちょっとヒイてしまう。

「えーと、こっちは反射望遠鏡だっけ」

「大口径を買うなら、反射の方が屈折望遠鏡より安くなるんや。ただ、ちょっとクセがあるさかい、使う時には若干気を使わなアカンこともあるな」

「ふにゅ～……これは部活で覚えよう。うん」

「こっちはシュミット・カセグレン式望遠鏡」

「へぇ、胴体が短いんだー……うらやましい」

そう言って、自分の胴体を眺める瞳。

「ははは。それがコイツの最大の利点やな。大口径のわりに短くて、扱いが楽なんや。長焦点やから星雲や星団、あと惑星を直接観測するのもいいでぇ。ただ、値段がなぁ」

「うわ、さんじうまんえんナリ」

「で、コイツはシュミットカメラ。天体撮影専用やから、コイツで直接星を見ることはできんで。おまけにフィルムが円形だから現像は自分でやらなあかんし」

「ふーん」

「撮影するんなら冷却ＣＣＤが欲しいし、値段的には俺らに手出しできるシロモンやないな。せやけど、撮影している映像をパソコンでダイレクトに見れるし、とにかくキレイやし、よく写るし……はぁ、いつかは欲しいなー（ため息）」

「……で？　何を買うか決めたの？」

さすがに、この辺で口を挟む僕。これ以上聞いていても、慎太郎が望遠鏡への愛情を吐露するだけで終わりそうだ。

「むぅ～……」

瞳はしばらく腕組みをしてうなったが――不意に、力んで立ち上がった。

「……やっぱり、実物を見て決めるのだ！」

「うーん……妥当ではあるね」

「ま、それがええやろな」

僕も慎太郎も、したり顔でうなずいた。やっぱり、この手の買い物は、現物を見ながら検討するに限る。

その時、瞳が出し抜けに一言。

「と、言うワケでぇ、次の日曜日空けておいてね、まーくん！」

「……は？」

すぐに反応しない僕に、瞳はあからさまにあきれた表情を作る。

「は、じゃないの！　一緒に望遠鏡を買いに行くの！」

――これは、ウッカリしていた。確かに、ビギナーが望遠鏡を買うというんだから、経験者が同行するに越したことはない。

「別に、いいけど……」

「ホント!?」

「まぁね……イテテテテッ!?」

普通に請け合う僕の耳を、慎太郎がいきなり引っ張り上げた。

「な～に～を～、クールに決めとんねん！　誘われて嬉《うれ》しいんやろ？」

「そ、そんなことは……」

「かぁ～っ！　よぉ言うわ！」

僕の態度が気に入らないらしく、慎太郎は熱く語り出す。

「ええか？　オマエは、望遠鏡博士のこの俺を差し置いて行くんやで？　男なら、ビシッとキメたらなアカン！　生半可な気持ちで行くんやないで～！」

「いや、お前が何を言ってんのか、さっぱり分かんないんだけど……」

「アホンダラ！　望遠鏡を一緒に買いに行くいうコトは即ち、その二人は合一っちゅうことや！　そもそも、我々天文家にとって望遠鏡とは……」

――彼の熱弁を妨げる権利は、ない。

僕は望遠鏡フェチを放置して、トイレに向かうのだった。


で、日曜日。

「これが屈折望遠鏡かぁ」

「うん。んで、こっちから順に胴の短いカセグレン系、ニュートン式、天体撮影専門のシュミットカメラと続いてるね」

「はわ～……おっきいのはやっぱり高いよ～」

「そりゃ、そーだよ」

「はうぅ～ん……」

——望遠鏡専門店で、僕は日がな一日、困った顔をしながらもニヤケている瞳の姿を観察することとなった。

ズラリと並んだ望遠鏡の前で、嬉しそうにクネクネ身悶《みもだ》えしている瞳の姿は、見ていて飽きない。

肝心の、瞳の決断は——僕の予想通りだった。

「やっぱり、この子にするよ！」

彼女は、最初にパンフレットで見た、平凡な屈折望遠鏡の前で言った。

「気難しい反射君とか、ちょっと孤高のカセグレンさんよりも、素直で優しい屈折君がわたしに合ってそうだもん」

その選択はまず、最善と言ってよさそうだ。

「うん。信頼性や値段も、申し分ないよ」

「んじゃ、買ってくるね！」

パタパタと走り去る瞳の後ろ姿を、僕は微笑《ほほえ》ましく見つめた。

——しかし、僕の表情があきれ顔に変わるまで、それほど長くはかからなかった。

休憩のためにすぐ近くの喫茶店に入ってからも、瞳はずっと望遠鏡を抱きしめっぱなしだったのだ。

「……瞳……コーヒー、冷めちゃうよ？」

声を掛けてみても、彼女は頬《ほお》ずりをやめようとしない。

「んん～っ♪」

「……ま、最初はそんなモンだけどね」

肩をすくめて呟く僕。

「まーくんも？」

「うん。最初に買った時は、抱いて寝てたし」

「あー、やっぱりそうなんだあ！　慎太郎君のこと笑えないね～」

「まぁね」

――そーは言っても、僕のは小学校の頃《ころ》の話だぞ？

「わたし、大事にしようっと」

軽く望遠鏡を離し、そのフォルムを愛おしそうに眺める瞳。端から見ていると、僕はつい苦笑を漏らしてしまった。

「ははは……瞳って、慎太郎と同じ素質があるのかもね」

「うん、すっごく気持ち分かるよ」

「そんなに気に入ったんだ？」

「わたし、星を見るのは好きだったけど、こうやって本格的に観測したことってなかったの。だから、すっごく新鮮」

瞳は無邪気に語る。聞いていて、耳に心地よい。

ただ——続く一言が、僕の表情を曇らせた。

「なんだかんだ言って、まーくんもそうなんでしょ？」

「……ん、まあね。でも、だんだん物足りなくなっていくんだよ。見てるだけじゃね」

「自分で行きたいってこと？」

「…………」

数秒間の、沈黙。

その意味するところは、きっと瞳には、分からない。

「ＳＦとか好き？」

「う、うん」

「宇宙は……当然好きだよね？」

「…………」

「フフフ」

瞳が、不敵に笑う。その、悪意のない眼差《まなざ》しが、痛い。

「やっぱりまーくん、自分で宇宙に行きたいんだよね……宇宙飛行士になって」

「そ、その話はいいよ……それよりそろそろ出ない？」

「え？　あ、ちょ、ちょっとだけ待って！　わたしコーヒー飲んでない！」

話を強引に打ち切った僕を見て、瞳は慌てて、冷めたコーヒーをすする。

彼女には悪いが、僕はこれ以上続けたくないのだ——昔の夢の話を。


——ここに一人の少年がいて、近年とみに高まりつつある宇宙開発への憧憬《どうけい》を抱いているとしよう。

彼がまずしなければならないことは、ズバリ勉強——特に、語学と数学の勉強だ。

語学では、まず英語が必須《ひっす》。日本がNASAと共同ミッションを行う際、意志の疎通が図れるかどうかは大きな評価点となる。それからロシア語も必須。理由は同じ。

さらに数学で数値と戦い、物理でより高次の理論を身につける。

大学に行き、数学・科学・工学などの専門分野で博士号を身につける。

——頭脳に自信がないなら（この時点ですでに絶望的ではあるけども）、体力を鍛えて渡米する。

この場合の武器は、平衡感覚と視力。何故《なぜ》なら、専門分野を持たない者には、シャトルを操縦するパイロット宇宙飛行士になるしか道がないからだ。

手っ取り早い方法は、空軍に入り、ジェット飛行経験を千時間以上持ち、強いG（重力加速度）の中でも気絶しない肉体的特質を身につけること。

そうして、なみいるライバルたちを押しのけて、軍から出向の形でNASAへ行く。

この過程を経て初めて、彼は憧《あこが》れの宇宙飛行士へとなることができる。ただし、日本国籍は捨てなければならない。

では、何の特技もない一介の日本人学生は、宇宙飛行士になれないのか？

否、手段はもう一つだけある。

宇宙開発事業団——NASDA所属の宇宙飛行士になることだ。

ただし、現役の宇宙飛行士の総数は、せいぜいが5～7人。

そして、まれに行われる募集では、数百人から千人にも及ぶ志願者の中から、一人か二人しか選ばれない。しかも、募集は毎年行われるわけではない。

——これほどの狭き門に挑むなどと、臆面《おくめん》もなく言える僕じゃない。

子供の頃は言えたかもしれないが、今はとてもじゃないけど無理だ。

もちろん、情けないってことは、自分自身が一番よく知っている。

だけど今さら、『宇宙飛行士志望だった』なんて自分で言うのは、やっぱり恥ずかしいじゃないか。

それとも――これだけでは、夢をあきらめる理由として不充分だろうか？

「……どしたの、まーくん？　考え事？」

「えっ？　いや、ちょっとボーッとしてた。ゴメン」

「うむ、許してつかわすぞよ」

――夕暮れの街を、二人で歩く。

瞳の腕は、望遠鏡をしっかり抱きかかえていた。

いや――それはもう、〝望遠鏡〟じゃない。実は僕、喫茶店を出る時に、

『それ、重いでしょ？　持ってあげるから』

と瞳に言ったんだけど、即座に瞳が言い返していわく。

『だいじょぶ。オリオン君は自分で持つ』

『…………誰《だれ》、それ？』

『屈折望遠鏡のオリオン君』

――とゆーコトで、彼女が抱いているソレは、〝オリオン君〟なのだ。

なんだか、瞳が慎太郎化していくようで、ちょっと恐《こわ》い――。

「だけど、すっかり遅くなっちゃったね」

「早く帰って、見てみたいなー」

僕たちのアパートまでは、まだ少し距離がある。瞳はかなり、もどかしそうな表情を見せていた。

そこで僕、提案してみる。

「なら、ちょっと近道いたしますか」

「……そんなのあるの？」

「実は、天美大用水を渡ってサクッと自宅へ帰れるコースがありまして」

「ホント⁉　じゃあ、そっち行こーっ！」

さっそく僕たちは裏道を通り、コンクリートで補強された用水路の縁に向かった。

「ここが天美大用水路でーす」

「わぁ〜っ、落ちたら溺《おぼ》れちゃいそう」

連日の雨で増水した用水路を覗《のぞ》き込み、大げさに声を上げる瞳。

「結構深いから、足を滑らせないようにね」

僕が念のために注意した、その時。

「うん、大丈……きゃん！（バタンッ）」

はうっ——い、言ってるそばからコケるか、フツー⁉

「瞳！」

「あー、オリオンくーん！」

転んだ拍子に瞳の手を離れてしまった望遠鏡は、大きな放物線を描いて——天美大用水路に。

「ダメーっ！」

必死の懇願は、一際大きい水音でアッサリ拒絶された。

「あ～ん、わたしの望遠鏡ぅ～っ」

瞳の表情が、見る間に失望の色に染まっていく。

「…………」

一瞬絶句してしまう僕を振り向き、彼女はこの世の終わりのような顔で呟いた。

「……結構深いんだよね、ここ？」

「う、うん、まあ……」

「はぅ……うう、せっかく買ったのに～」

「あ、ちょっと……」

そして、僕が止める間もなく、肩を落としてトボトボと歩いていった。

——あ、哀れすぎる！　あんな哀愁たっぷりの後ろ姿、見たことないぞ！

それに——僕が何も言わないうちにあきらめるなんて、早すぎるっちゅーに！

ピンポーン――すっかり夜も更けた頃、僕は瞳の部屋の呼び鈴を鳴らしていた。

「はーい」

「僕だけど」

「あ、今あけるねー」

ドアを開けた瞳は、僕の姿を見るなり、軽く悲鳴を上げた。

「きゃ！」

「は、はろー」

「どうしたの……ビショ濡れだよ？」

「いやまあ、水もしたたるイイ男ってコトで……ちと古いか」

僕は軽口を叩《たた》きながら笑ったつもりだけど――ひょっとしたら、顔が引きつってるかもしれない。

「ちょっと待って！　今、タオル持ってくる！」

大急ぎで洗面所に行こうとした瞳を、僕は慌てて引き留める。

「あ、その前に」

「え？」

「じゃーん」

そして――背中に隠しておいた望遠鏡を前へと押し出した。

「それ……オリオン君⁉」

瞳の目が、見る間に見開かれていく。

「もしかして……あの用水路に入って取ったの？」

「まあ……その……」

「危ないよ……深いって言ったから自分じゃ取らなかったのに……」

ジッと見つめてくる瞳から、僕は気恥ずかしさのあまり、つい目をそらした。

確かに、用水路は深かった。

『瞳を呼び止めてる間に、望遠鏡が流されたら……本末転倒！』

やむなく瞳を放っておいて、大慌てで用水路に飛び込んだまではよかったけど――水面は胸のあたりまでくるわ、底の方の流れが上よりも強いわで、僕はかなりゾッとさせられたものだ。

「でも、せっかく自分で選んで買ったものだし、こっちも最初に買った望遠鏡で、イヤな思い出なんか作ってほしくなかったし……もしかして、余計だったかな？」

照れくささに耐えながら説明した後、チラリと瞳の顔を盗み見る。

視界に飛び込んできたのは――僕にギュッと抱きついてくる瞳の姿だった。

「……ありがとー」

「あ……瞳っ、濡れるよっ？」

「平気」

「ドロで汚いし……」

「大丈夫」

「人に見られたらっ」

「我慢して」

瞳は、うろたえる僕を、なかなか離してくれなかった。

シャワーでも浴びたのか、瞳はなんだかいい香りがした。


――それから。

結局、オリオン君は瞳の部屋の窓際に無事、陣取ることができた。

あの日以来、たまに窓の外を覗くと、窓からオリオン君の筒先が突き出ているのをよく見かける。

そのレンズの奥で、あの勇ましくも可愛《かわい》いらしい天文家が、大宇宙の神秘を楽しんでいるのだと考えると、ちょっと嬉しい気分になったりもする。

そんなワケで――最近は、夜がちょっと楽しく思えるのだ。

ふと夜空を見上げると、ヘラクレス座に退治され、そそくさと逃げていくしし座の様子が見えていた。

第5章　期末テスト

ようやく、梅雨《つゆ》も明けようとしていた、ある日。

「ナニ読んでるの？」

休み時間、瞳が珍しく文庫本を広げていた。

僕が声をかけると、瞳はいたずらっぽい表情を浮かべて、パッと本を隠す。

「……タイトルを言うので、ジャンルを当ててください」

「おっ、クイズだね」

「タイトルは『冷たい方程式』です。さあ、ジャンルはなんでしょう？」

――フッフッフ。いくら何でも、それは基本でしょう、瞳くん。

「トム・ゴドウィンの書いたＳＦだね」

「せいかーい。やっぱり知ってるね♪」

再び文庫本を取り出す瞳。どことなく嬉《うれ》しそうに見えたのは、気のせいだろうか。

「あれだよね。限られた燃料で飛ぶ宇宙船に、密航者が乗った話」

「そうそう。その密航した女の子の体重の影響で、船が星に戻れなくなる……だから、その子を早く宇宙に放り出さなければならない。そうしないと二人とも死んじゃうから」

ところが、その表情がふと影を帯びる。

「結局、女の子は救われることなく、宇宙で死んでしまうの……」

「……あれ？　読んでる途中なのに、結末知ってるんだ？」

「ん……もう何度も読んだ本だから」

「なーんだ」

「わたし、変な話だけど、このお話の救われないところが逆に心に残ってるな」

なるほど――この本を読んで、〝ひたっていた〟ワケか。

そんなことを思った僕の口から、自然と言葉が流れ出す。

「そうだね。それはお話だけど、宇宙って実際……厳しい場所だもんね」

「うん……」

「ＮＡＳＡのロケットはさ、住宅地に落下しそうになった時のために、管制室から自爆させられるようになってるんだよね」

「え、そうなの？」

「ロケット燃料は地上で爆発すると危険だからね。最悪、乗員ごと爆破できるようになってるんだ」

「知らなかった……ＮＡＳＡって厳しいんだ」

「でも、それが船乗りの責任ってヤツかも知れない。僕は否定しないよ」

「……でも、軌道計算とブースターの切り離し調整でどうとでもなると思うんだけどな」

「万が一もあるんだよ。アポロやチャレンジャーみたくさ」

「万が一、か……やっぱり、宇宙って危険が一杯なんだね……」

――あれ？　瞳が暗くなってる。珍しいこともあるモンだな。

僕は明るい話題に切り替えようとする。

「でも、宇宙だって危険なコトばかりじゃないだろ？」

「え？」

「宇宙に行けば、地球にいるよりも年をとるのが遅くて済む……つまり、他の人から見れば不老者のようにも見えるだろ？　それってスゴ……」

「別にスゴくないと思うけど」

「うっ……」

シャットアウト！

「シャトルで地球外周を回ったところで、軌道速度は秒速8キロ程度……それじゃ1週間宇宙にいても、1万分の1秒単位でしか変わらないし……」

「うぐ……」

「自分の感じてる時間は変わらない以上、他人がどう見ても大したことないと思う」

「…………」

――グゥの音も出ない。

「そもそも相対性理論による老化遅延の効果は…………」

「降参します」

アッサリ白旗を掲げる僕。他愛ない日常の会話に、真面目な相対性理論を出されても困る――つーか、あんな理論、理解できるか。

この時、初めて思い出す。そういえば瞳って――昔は成績優秀スポーツ万能の、文武両道少女だったんだよなぁ。

だけど、僕の様子を見て、瞳が不安げな表情を見せる。

「あ……ご、ごめんね……変なハナシしちゃった」

「いや、僕の方こそ」

「…………」

「……それにしても、相変わらず頭の働きは良さそうだね？」

「…………」

少し困ったような、それでいて少し嬉しそうな――よく分からない表情を浮かべて、瞳は首を振る。

ちょっと憂鬱《ゆううつ》そうにその日を過ごした瞳が、少しだけ印象に残った。

もっとも――憂鬱なのは、彼女だけじゃない。

僕だって、憂鬱なのだ。とゆーより、慎太郎やゆかりちゃんや、友愛学園の全生徒が憂鬱なんじゃないだろーか。

何故《なぜ》なら、学生である以上避けては通れない、〝天敵〟のようなイベントが、目前に控えているのだ――。

『学年百番以内に入るを得ぬ者、夏合宿に於《お》いて特別めにゅーを課せられるもの也《なり》』

天子部長の直筆（仰々しく毛筆である）の通達が、部室の壁にデカデカと張り出されている。

「星よ、望遠鏡よ……どーしてオマエらは、なーにも教えてくれへんねん……」

慎太郎が部室の片隅で、無茶なことを言いながらたそがれている。

全《すべ》ては、学生最大の天敵のひとつ――期末テストが、いよいよ明日から始まるからであった。

「ねえ、瞳はどのくらい準備した？」

僕が何気なく尋ねながら、瞳の肩に触れた途端。

「だめ、揺らさないでっ！」

と、ものすごい拒絶反応が返ってきた。

「ど、どーしたんだよ、一体？」

「今グラグラしたら……せっかく暗記したのが全部落ちちゃう～」

――水位ギリギリまで詰めてるらしい。

「今こぼしたら、取り返しつかないよっ」

「そんなに大変？」

「中間テストでボロボロだった分、取り戻さないと！　あの時は、転校したてで範囲がガラッと変わってて、もう……」

「ボロボロって……何位くらいだったの？」

「わたし？　……あーっ、しゃべってるウチに、ちょっとこぼれたーっ！」

もう、大騒ぎである。

とはいえ、瞳を笑ってる場合じゃない。

僕なんか、こぼれるほど頭の中に詰めてないのだ。

「差し当たって、一番ヤバそうな数学あたりから、一夜漬けするか……」

頭をかきながら、ぼやく僕。と。

「……ホントに？」

「ウワッ⁉」

それまで悲鳴を上げていた瞳が、唐突に僕の顔を覗《のぞ》き込んできた。

「ホントに、数学のテスト勉強するの？」

「う、うん、１００番以内に入ろうと思ったら、数学が一番の鬼門だし……」

「……ふむ、仕方ない」

不意に、瞳の口調が変わる。なんだか、いつもの調子が戻ってきたような――。

「少々厳しいかもしれんが、わたしについてくる自信はあるかね？」

「は、はい、教官！」

僕が調子を合わせると、瞳は頼もしく笑う。

実際、相対性理論の話を始めた時のことを思い出せば、少なくとも理数系の成績は良さそうな瞳だった。

「よし！　良い眼《め》をしている。では早速、演習を始める！」

厳しい瞳との特訓が、始まる。

「あー、テストのない国に行きたいなぁ～……」

――一方、慎太郎は夢の国に行ったっきりだった。


後日――休み時間。

「おーい、まーくーん！」

トイレから教室に戻ろうとしていると、瞳が廊下の向こうから駆け寄ろうとしていた。

「どうしたの、そんなに急いで？」

「あのね、期末テストの結果が発表されて……（ベタンッ）きゃんっ！」

「…………」

――何故、つまずくものもない廊下で、そんな派手にコケられる？

「あう～……鼻打《はにゃ》っだーっ！」

その場でペッタリ座り込んだまま、オイオイ泣き始める瞳。

僕はため息をつきながら、手を差し伸べる。

「はいはい、まったくもう……大丈夫か、瞳？」

すると瞳は、喜々としてしがみついてきた。

「あにょね、鼻打ったの」

「それは聞いたよ……う、重い」

「はうっ？　わ、わたし重いっ⁉」

僕が呟《つぶや》いた途端、彼女は体重を預けていた手を慌てて放し、ビビリながら自分の身体をチェックする。

その姿を見て、僕は思わず吹き出してしまった。

「プッ……冗談だってば」

「むーむーっ」

「ハハハ」

「ナニがハハハーじゃ、ボケーッ‼」

「どわっ⁉」

——いきなり僕は、血相を変えた慎太郎に胸ぐらをつかまれる。

「お、お前、どっから現れた？」

「やかあしゃーっ、コンの裏切り者がぁーっ！（グラグラグラッ）」

「うぉっ、おっ、落ちケツ、じゃなくてっ、落ち着け、慎太郎！」

「これが落ち着いとれるかーっ！」

「はぁ？　な、なんだよ、いったい⁉」

僕は必死に、慎太郎の手から逃れた。

慎太郎、ものすごい形相を浮かべていわく、

「おんどれ、いつの間にあない成績上がっとんねん⁉」

——あぁ、結果発表見たのか。

「上がったって……何位くらいだった？」

「くかーっ、落ち着き払いよってからにぃぃぃ」

「ちょ、ちょっと待て、僕は尋ねてるだけじゃないか！」

次第に腰が引けてくる僕。慎太郎が、いじめっ子モードに入ってる気がする。

「ホントにまだ、見てないんだよ、僕」

「けっ、知らんわ！　勝手に見てこいや……うぅ、これで俺一人部長の餌食《えじき》決定や〜」

あ、メソメソ泣き始めた。どうやら、今のうちにコイツから離れておいた方がよさそうだ——。

「そーだった！　まーくん、すっごい順位だったよ！」

うわっ！　そ、そこで慎太郎を刺激するようなことをゆーな——ほら、慎太郎がまた、鬼の形相に！

「頑張《がんば》って勉強した甲斐《かい》があったね！　かなりの好成績だよ」

「……ま〜さ〜きぃぃぃ！」

「い、いかん！　瞳、逃げるぞっ！」

「はひ⁉」

僕は瞳の手を取って走り出した。

「むぅわてぇぇい！　イチャイチャしよってからにぃぃ‼」

「はわっ！　慎太郎君、目がイっちゃってるよ⁉」

「今のあいつは超いじめっ子モード入ってるぞ！　とにかく逃げるんだっ！」

「はえ？　なんで？」

「逃げろっつってんの‼」

「ひひひひひっ！　オマエラも俺と同じ苦労を背負えぇぇいっ！」

「しぇーっっ‼」

「やーん！　慎太郎君が壊れたよーっ！」

——結局、この追いかけっこは、次の授業が始まるまで続いた。


で、次の休み時間。

「なるほど……慎太郎が壊れるワケだ……」

職員室の前に張り出された結果発表を眺めて、ポツリと呟いた。

理数系を頑張ったおかげで、僕は１００番以内を確保できたばかりか、なんと自己最高順位を記録していたのだ。

まあ、上にはまだ何十人といるが、普段は似たような成績の慎太郎と、ほとんど倍近い順位差。もし、立場が逆だったら、僕でも壊れるな。

それより——ひとつ、心底たまげたことがある。

「まーくん、頑張ったモンね♪」

「いや、確かに頑張ったけど……瞳、スゴイなぁ」

「えへへ〜、たまたまだよぉ」

照れながらも、喜ぶ瞳。

てゆーか、これで喜ばなかったら、単なるイヤミだ。

「頭がいいのは分かってたけど、まさか学年主席とは……」

結果発表の最初に、「星見　瞳」の3文字が燦然と輝く。テスト前に、

『今グラグラしたら……せっかく暗記したのが全部落ちちゃう～』

と悲鳴を上げていた姿からは、とても想像のできない結果だった。

――待てよ？　ひょっとして、瞳が頭に詰め込んだ量って、僕や慎太郎の想像を絶するモノじゃないか？

試しに、尋ねてみる。

「ところで、中間テストがボロボロって言ってたよね？　成績、教えてくれない？」

「えー、恥ずかしいよう」

「僕にだけでいいから」

瞳はおずおずと、僕に耳打ちしてくれた。

瞬間、僕の顔が驚愕《きょうがく》にゆがむ。

「……マジですか？」

「マジです」

思わず、めまいを覚える僕。

「あ、まーくんなら大丈夫だから！　今の時期に理数でこれだけ点が上がれば、ちゃんと最後には間に合うから」

よくワケの分からない慰め方をしてくれる瞳に、僕は心の底から忠告した。

「瞳……そのことは絶対、慎太郎に言うなよ」

「ほへ？」

——瞳の〝ボロボロ〟が、僕の自己最高よりはるかに上なんて知ったら、慎太郎はそれこそ大暴れしかねん。

第6章　海水浴

「海、行こーやー」

終業式の日、『迎賓館』でそう切り出したのは、慎太郎だった。

「海か……別に構わないけど、どーしてまた急に？」

「俺かて、楽しい夏の思い出が欲しいんや」

「思い出なら、夏の合宿でもできるだろーに」

「もう……夏合宿に、俺の〝楽しい〟思い出は用意されとらんのや……」

――そーいや、期末テストの結果が悪かった慎太郎は、天子部長の〝特別メニュー〟が決定していたっけ。

そこへ、ウェイトレスのゆかりちゃんが、頼んでいたサーモンベーグルを持ってきた。

「先輩、あたしも一緒に行っていーですか？」

「一緒に行く分には問題ないけど……でもなぁ」

「あ、バイトならだいじょーぶ。1泊2日くらいなら、休みをもらえますから」

「いや、そーゆーコトじゃなくて……男の旅行に、女の子が一人だけ加わるってのは、何かと……ねえ？」

一応は、ゆかりちゃんを気遣っての言葉。

でも、ゆかりちゃんの答えの方が、一枚上手だった。

「だけど、あたしも先輩と、夏の思い出が欲しいんですぅ（はあと）」

――しなを作って際どい台詞を吐くのは、やめてくれ。

「アハハ、そんな心配しなくたって、瞳ちゃんも誘えばいーじゃないですか」

「んー……じゃあ、部室に戻ったら、訊《き》いてみるか」

「行きたい！　ものすごーく行きたい！　行きたいっていうか行きたい！」

――まあ、訊くまでもなかったか。

「おー、ほんならみんなで行こかー」

参加者が増え、慎太郎のボルテージが上がってくる。

これに、いきなり冷水を浴びせたのは――。

「フフフ……海か」

「ぶっ、ぶちょお⁉」

「海はいい。魂の帰依する場所、母なる胎、生命の満ちる水の器」

「あ、あの……部長も行くっちゅーコトですよね？」

慎太郎のテンションが、一気に下がる。もちろん、天子部長がキライというワケじゃないけど、〝お目付役〟の存在は息苦しいんだろう。

それを知ってか知らずか、部長は応《こた》えていわく、

「心配するな。海へ行けば、私も部長ではなく、単なる婦女子だ」

「……〝単なる〟？」

「何か、言いたいことでもあるのか、今村？」

「いえいえ、滅相もない！」

――と、ゆーわけで。

僕たちは夏休みに入ってすぐ、近場の海水浴場に行ったのである。


輝く太陽。

白い砂浜。

打ち寄せる波。

「……海なんて、何年ぶりかなぁ」

潮の香りを胸一杯に吸い込みながら、僕はしみじみと呟《つぶや》いた。

「久々に来たからには、キッチリ泳がんとなあ！」

水着に着替え、僕の隣にやってきて意気込む慎太郎。

それにしても――コイツの水着が、全身を包むウェットスーツ風のものなのは問題ないけど、どーして、横のストライプ模様なんだ？　それじゃ、まるで囚人服だ。

僕があきれていることも知らず、慎太郎は陽気に声をかけてきた。

「おー、荷物番ごくろーさん！　あとは俺が替わるさかい、キミも着替えてきーな」

「ウン。ところで、他の３人は？」

「まだ、更衣室で着替えとんのとちゃうか……おっ」

後ろを振り返った彼の視線を追って——僕は一瞬、言葉を失う。

「お待たせーっ」

「……しましたー！」

着替え終えた瞳とゆかりちゃんが、こちらに向かって走ってきたのだ。

瞳は可愛《かわい》らしい、グリーンのビキニ。意外に胸があって、とても直視できない。

ゆかりちゃんは蛍光ピンクのビキニに、派手な柄のパレオを腰に巻いている。

「おーおーおー、目の保養か目の毒か、判断に苦しむトコやなぁー」

言いながらも、慎太郎はニヤケている。真性望遠鏡フェチでも、水着姿の女の子を見るのは嬉《うれ》しいらしい。

「どう、この水着？」

瞳は、僕の前に立ってポーズを取る。あんまり正視すると身体の一部が変形しそうだったので、僕は目線をこっそりはずした。

「に、似合ってるんじゃないかな？」

「じゃあ、わたしとゆかりちゃんと、どっちがいい？」

うっ——そ、そーゆー直球な質問は困る。

「おっ！　瞳ちゃん、張り合いますねー。そーゆーことなら……うりゃ！」

ゆかりちゃんは瞳の隣に立って、いきなり自分のパレオをめくり上げた。パレオの合わせ目からニュッと現れる生脚が、あまりにもまぶしい。

「うわーお！　若いコが、そないに大胆なコトしたら、鼻血ブー……って、パレオの下もフツーの水着やんけ！」

「……当たり前じゃないッスか」

見事なボケツッコミを披露する慎太郎と、本気であきれるゆかりちゃん。ほとんど、夫《め》婦《おと》漫才のノリである。

それにしても——むぅ。できれば「どっちも似合うよ」とかって言ってお茶を濁したいところだけど、そーゆーのを許してくれる二人じゃないしなぁ。

となれば、僕としては、正直に答えるしかない。

「ええと……瞳、かな？」

「ホント!?　わーい♪」

「わっ！　よ、よせ！」

飛びついてこようとする瞳。僕は慌てて制するが、腕に絡みついてくるのまでは止められない。

瞳の胸が、僕の二の腕にプニプニとあたる。ホントは心底嬉しいけど、慎太郎やゆかりちゃんもいる前で、そんな素振りはおくびにも出せない。

「そんなにくっつくと、暑い！」

「だいじょーぶ！　暑ければ、このまま海に飛び込むべし！」

「まだ僕は、水着に着替えてない！」

「……けーっ！」

そんな僕たちを、ゆかりちゃんはジト目でにらみつける。

「なーんだ、お二人はラヴなワケねぇ？」

「い、いや、そういうワケじゃあ……」

「わーっ！　ラヴ菌が伝染《うつ》る〜！」

「い、いや、ちょっと……ゆかりちゃん？」

「ラーヴ！　ラーヴ！　はいっ、皆さんご一緒に！」

「うわ〜っ！　ラヴや、この二人。ひゃーっ、恥ーずかしいぃーっ」

囃《はや》し立て方が、まるで小学生だ。しかも、慎太郎まで一緒になって――。

ちょっとめげる僕の腕を、ふと瞳が、クイクイと引っ張った。

「まーくん……」

「ん？」

そして、子犬のようなすがる目つきで、一言。

「ラヴ？」

「ちっとは否定しろ～！」

「むーむー！」

「で、私は？」

「……え？」

不意に、別の声。

振り向くと、いつの間にか――セパレートタイプの黒い水着に身を包んだ、天子部長の雄々しい姿が。

「私は、どうなんだ？」

「……部長はもちろん、お似合いでございます」

慎太郎とともに、一礼。


『ラヴラヴは後にして、とっとと着替えてこんかーい！（ゲシッ）』

僕は慎太郎に尻を蹴《け》られながら、更衣室に飛び込んだ。

「あまりみんなを待たせるワケにもいかないし……ん？」

手早く着替えを始めようとして、僕はふと、動きを止める。

何故《なぜ》だろう——誰《だれ》かに見られているような気がする。

「まさかね……」

だって、女の子ならともかく、男の着替えなんて誰が覗《のぞ》くんだ。

僕は気を取り直して、がんがん衣服を脱いでいく。

ギシ——。

「……なんだ、今の音？」

気のせいか——そう思いながらパンツに手をかけ、一気に脱いだ、その時。

キキィー、バタン！

「あっ」

「…………」

——全《すべ》ての時間が止まった、絶対零度の世界。

ざっぱーん——遠く、波の音だけが響く。

正面には、石像のように固まった少女の姿が。

「ひ、瞳……」

「あは、あははは……まーくん……えとえと、これはその……あはははははは！」

「あはははははは……瞳……あははははは……」

ひとしきり、二人で空虚な笑い声を響かせた後、僕は恐る恐る尋ねた。

「……ナニヤッテンノ？」

途端に、アタフタと慌てる瞳。

「えと……いや、別に覗いてたワケじゃ……なんか穴があるから……チラッと見てみたらまーくんが着替えてて……その、エッフェル塔のこととか……その……」

「えっふぇるとう？」

「きゃあ！　わたしそんなこと言った⁉　やだ……だからこれは……その……」

一人でパニクッた挙げ句——瞳は一目散に逃げてしまった。

「ごめんなさいごめんなさいごめんなさーいっ！」

「ああーっ⁉　後生だから、せめて壁だけは戻してってーっ！」

「あー、恥ずかしかった」

どうにか着替えを終え、砂浜に戻る僕。

見るとそこには、甲羅干しをしている慎太郎の姿しかなかった。

「いやー、極楽極楽」

「……年寄り臭いなあ」

「俺、肉体労働はアカンねや～」

よく言うよ。

「ところで、他のみんなは？」

「瞳ちゃんとゆかりちゃんは、もう水に入っとるよ～」

「部長は？」

「……なんか、哲学しとる」

慎太郎がうつ伏せに寝そべったまま指差した先には、腕を組み、青空を凝視している天子部長がいた。

「星見る、ゆえに我あり……ふーむ」

――デカルトじゃないんだから。

（デカルトが誰だか知らない人は、社会科の先生に聞いてみよう）

「触らぬ神になんとやら、ちゅーこっちゃ」

慎太郎の意見に同意することにして、僕はさっそく海に入り、瞳たちと合流した。

「先輩、おそーい！」

抗議するゆかりちゃんに、何故か瞳が謝る。

「……面目ないです」

「瞳ちゃんが、どーして？」

「あ、あはははは……」

僕は当然、笑ってごまかすしかなかった。

「そ、それより、あのブイまで3人で競争ってのはどう？」

「よーし！　負けたヒトは勝ったヒトに、海の家で焼きそばとかき氷をおごろうよ！」

風情のある提案をする瞳。一方、ゆかりちゃんは不敵な笑みを浮かべている。

「ふっふっふ……二人とも、友愛学園のマーメイドと呼ばれた、このあたしに勝てるかしら」

「……ゆかりちゃん、そんな風に呼ばれるほど速いの？」

「呼ばれてるワケないでしょ。今年入学したばっかりだし、水泳部でもないし」

「………………」

「んじゃ、行くよ⁉　よーい、ドン！」

唐突に、瞳が号令をかけ、そのまま沖へ泳ぎだした。

「わっ、ズルイ！」

「瞳ちゃん、セコーイ！」

僕とゆかりちゃんは、大慌てで追いかける。

「お達者で〜」

背後から、慎太郎のノンキな声が聞こえてきた。


——だいぶ沖まで来たぞ。

瞳も遅くはなかったけど、結構引き離したはずだ。

ブイに到着し、僕はさっそく勝ち名乗りを上げる。

「いっちゃーく！」

ところが、ブイの陰に隠れていた少女が一人。

「ざーんねんでした！　先輩は2着！」

「あれーっ？　ゆかりちゃんには負けちゃったか」

「ほんの数秒差ですけどね」

先着していたゆかりちゃんは、得意げに笑った。

「後で、焼きそばとかき氷、ゴチになりま～す」

「ははは、了解……さて、瞳はと」

僕は苦笑しながら、後ろを振り返る。

――あれ？　ずいぶん遠いな。

リードはしていたけど、あんなに引き離したっけかな？

「今度はトウモロコシを賭《か》けて、あっちの岩場まで競争します？」

「え、危ないよ。波が強くなってきたし、瞳もいるんだし」

提案を断る僕に、ゆかりちゃんは深いため息をついた。

「はぁ～……これだから、ラヴ菌に感染しちゃったヒトは」

「してへんちゅーに」

代わりに、慎太郎の関西弁が感染したか？

――その時、不意に気付いた。

「ん？　……なんか、様子が変だぞ？」

瞳がなんだか、もがいているように見えたのだ。

試しに、声をかける。

「おーい、瞳ーっ！」

「……あ……まーくん……」

「どーしたのー？」

「……まーくん……苦し……胸が……」

「ははあ、溺《おぼ》れたフリをして、僕を驚かそうってハラか」

そう推測して、僕は一瞬だけ苦笑を浮かべた。

「ちっちっち、そんなベタな演技じゃ僕は……」

「ちが……たすけ……」

——演技にしては、真に迫ってる。

あれって——もしかして、本当に⁉

「どしたんですか、先輩？」

「瞳が溺れてる！　浜辺に戻って、慎太郎か天子部長かライフガードの人を呼んできて！」

ゆかりちゃんに言い捨てて、僕は全力で泳ぎ始めた。

「瞳、頑張《がんば》れ！　今、そっちに行く！」

「ごぼこぼこぼ」

「わー、沈んじゃダメだって！」

僕が見ている前で、瞳はゆっくり水中に消えていった。

当然、僕も水中に潜った。それから10秒ほどで、どうにか瞳の身体を脇《わき》に抱えることに成功する。

「……ぷはぁっっ‼」

息の続くうちに、どうにか海上に顔を出す。続いて、瞳の顔が水につかないよう、抱え直す。

それにしても、瞳の身体が予想以上に重い。もちろん、体重の問題じゃない。どうやら、気を失っているらしかった。

「みっ、水、飲んでなきゃいいけど……！」

力を振り絞って、僕と瞳は浜を目指す。

だけど、気絶した瞳を抱えながら泳ぐのは、想像を絶する難しさだ。片手がふさがってるから、思うように泳げない。

「……わっぷ！」

波をかぶるたびに、水を飲んでしまう。早く帰り着かないと——僕も溺れそうだ。

——苦しい。

でも、瞳だけは——助け、ないと——。

海水に——むせる。し、心臓が、破裂しそう——。

ま——ずい、意識が——。

――温かい――唇の感触――。

誰、だろう――？

「……くん！　しっかりして……まーくん！」

「……ふえ？」

僕自身の声が、聞こえる――どうやら、海の底ではなさそうだ――。

「まーくん……よかった！」

――瞳の、声。意識は戻ったんだな――。

「……助かった……んだよね？」

「あの後、部長が助けに来てくれて……」

瞳の後ろに――ホッとした様子のゆかりちゃん、あきれ顔の慎太郎がいた。

もちろん、しかめ面の天子部長の姿も。

「そうなんだ……さすがフルコンタクト天文……」

「…………」

ボンヤリと呟きかけて、気付いた。

「瞳……どうしたの、恐《こわ》い顔して？」

瞳が――目に涙をいっぱい溜《た》めてる。再会してからは、見たことない顔だ――。

「まーくん……恐いよ……死んじゃうところだったんだよ……」

「……死ぬ？　まさか」

「……宇宙飛行士になるんでしょ？　こんな所で無茶したら駄目だよ……駄目だよ……」

「なにも泣くこと……」

「……バカ」

「かもね……あはは、ホッとしたら、なんだか眠くなってきた……」

意識が急速に薄れていく。

僕は心の中で、瞳の言葉を反芻《はんすう》していた。

――宇宙飛行士。

捨てたはずの――子供の頃《ころ》の夢――。

それにしても。
溺れかけたのに――妙に安らかな気持ちになっているのは、何故だろう――。

第7章　夏合宿の夜

駅前からバスに乗り、揺られることおよそ1時間。

賑《にぎ》やかな街を背中に山道を進むと、巨大なドームが見えてくる。

散々な目に遭った海水浴から、2週間——僕たち友愛学園天文部の面々は、夏合宿として、この『天美電波観測所』にやって来た。

「おー、ついたついた！」

「わぁ……おっきいねぇ～」

「あぁ。星見は、ここは初めてだったな」

「いーえ、部長。わたし、子供の頃《ころ》に来たことがありますよ」

「ほぅ……そういえば、以前はこの辺に住んでいたんだったか」

「へへ、半年もいませんでしたけどね」

「俺らと一緒に来たんやっけ……懐かしいなぁ」

「そだね……あれ？　ところで、まーくんは？」

「…………」

——物陰に隠れたまま、返事をするのもためらわれる。

別にコソコソする必要はないのだが、ここではつい気後れしてしまうのだ。

この観測所の所長であるアイン・ビクセン教授は、父親の大学時代の恩師で、僕自身、父に連れられてよくここへ来ていた。

子供の頃からここにいる教授と、最近ここへ来たらしいもう一人——母の仕事仲間であった、元NASA付宇宙飛行士、ジョン・ウィリアムズ。

僕の子供時代をよ〜く知っている大人が、二人もここにいる。

そして、大人というものはえてしてして、成長した子供に、その幼少期を語りたがるものだ。

それが子供に、どんなに苛立《いらだ》ちを覚えさせるかも知らず。

——やっぱり、来るんじゃなかったかなぁ。

「まーくーん、どこー⁉」

僕を捜す、瞳。

「まーくーん、どこぉ⁉」

調子づいて、マネをする慎太郎（あとで、制裁を加えちゃる）。

二人の声に、懐かしい声が反応した。

「つまり、まーくんとは正樹のことかね、お嬢さん？」

「はへ？　おじさま、誰《だれ》？」

「はは、おじさまは傑作だ」

愉快そうに笑う〝おじさま〟に、天子部長が恐縮した様子で頭を下げる。

「こ、これは、教授！」

「キョウジュ〜？」

「天美大学理学部天文学教育研究センター長、そしてこの天美電波観測所所長のアイン・ビクセン教授だ」

「アインで結構……よろしく頼むよ、お嬢さん」

アイン教授は、瞳と握手を交わした。心なしか、対応が柔らかい。まぁ、同性愛者以外の男は、みんな女好きだから、仕方ないか。

一方、天子部長の対応は硬い。

「お……お元気そうで何よりです、教授。今年もお世話になります」

「ほう、天子……ふむ、また一段と知性を高めたようだな。喜ぶべきことだろう」

「あ、ありがとうございます」

ひょっとして、部長は教授のことが苦手なんだろうか。

——あの部長に限って、そんなワケないか。

「ところで、こちらのお嬢さんは？」

教授の問いに、瞳は自ら名乗った。

「えへへ、星見瞳っていいます〜。よろしくです♪」

「星見……ほしみ……ほう、君は確か正樹の？」

——どわーっっ!!

「あれ、まーくん？」

「わーっわーっ！」

気がつけば、僕は物陰から飛び出して、教授の言葉を必死にさえぎっていた。

まったく——何を言う気だ、教授はっ⁉

「……はぁ、はぁ」

「久しぶりだ、正樹」

「どうも……（バゴォッ）へぶしっ！」

警戒しながら挨拶《あいさつ》した刹那《せつな》、僕は天子部長の強烈な右フックをくらって吹っ飛んだ。

「貴様が教授と旧知の仲なのは知っているが、親しき仲にも礼儀ありという言葉を知らんとは言わさんぞ、今村！」

「しゅ、しゅみましぇん……おしさしぶりでしゅ、はかしぇ」

「日本のスパルタ教育かね」

「部員の不始末は、私の不始末ですので……」

「ふむ……なら、あれもなんとかしてもらいたい」

教授はまったく動じた様子もなく、ある方向を指差した。

「……あれ？」

そこにいたのは。

「はぁ、はぁ……１００センチ口径シュミットカメラや……シビレるで実際……たまらん

……たまらんわぁ……はぁ、はぁ、あへぁ……」

「…………あんの、恥さらしめぇぇっっ!!」

1分後、慎太郎は部長の手によって、星となった――。

「ちゃんと治療道具は用意してあるから、遠慮なく使うといい」

――カラカラと笑っている教授に、僕はそっと尋ねる。

「教授、教授」

「どうした?」

「……ジョンは?」

「あぁ、今ちょっと出張中なんだが。どうかしたかね?」

「いえいえ。何の問題もございません」

「?」

そか。出張中か。

ふぅ〜、よかったよかった――これで、余計なことを瞳たちに吹き込まれるリスクは、半減したな。

――でも、出張って?

まぁ、特に突っ込んで聞くこともないが。

友愛学園天文部の合宿は、毎年ここを使わせてもらっている。

何といっても最大のポイントは、大砲のような100センチ口径シュミットカメラがあること。これで撮影する星雲の写真は、そこらの望遠鏡など比べ物にならない。慎太郎の気持ちも分かろうというものだ。

こうやって世界有数の機材に触れたり、教授たちが研究している最新の天文学を学ぶということは、僕たちにとって非常に有益だったりする。

だが、もちろん天子部長は、そんな生やさしい合宿を許すはずがない。

僕たちはすぐに装備を整え、天美山山頂をゴールとする〝オリエンテーリング観測〟へと突入した。

「遅れるな、遅れたら死ぬぞ！」

「……だってさ」

「もぉ、死んどる」

「はっはっは、だらしないなぁ、慎太郎君」

「……へこましたろか？」

「はっはっは……遠慮しておくよ」

オリエンテーリング観測とは、重い機材を担いでオリエンテーリングしながら目的地へと向かい、そこで観測するという過酷な観測行だ。

で、期末テストの成績が悪かった慎太郎は、みんなの倍以上の荷物を持たされている。しかも望遠鏡やカメラなど、デリケートな機材が多く、乱暴に扱うことはできない。もっとも、変態望遠鏡フェチの慎太郎が、望遠鏡を粗末に扱うはずもないのだが。

「うわ～、慎太郎君、重そ～」

「……心配してくれるのは瞳ちゃんだけやで、ホンマ」

「うん。心配だけはしてあげる」

「……なぁ正樹、カノジョの教育をし直した方が、エェんとちゃうか？」

「僕に言うなよ」

「何をくっちゃべっておるか！　きりきり歩けっ！」

「うえ～……」

「しゃきっとせんかっ！」

「はいぃっ！　……とほほほ～っ」

——自業自得とはいえ、哀れである。

ホント、瞳に数学を教えてもらって、正解だったなー。

郵便はがき

切手を
お貼り
ください

166-0011

東京都杉並区梅里2-40-19
ワールドビル202
株式会社パラダイム
PARADIGM NOVELS
愛読者カード係

住所　〒 TEL　（　　　）	
フリガナ	性別　男・女
氏名	年齢　　歳
職業・学校名	お持ちのパソコン、ゲーム機など
お買いあげ書籍名	お買いあげ書店名
E-mailでの新刊案内をご希望される方は、アドレスをお書きください。	

PARADIGM NOVELS 愛読者カード

このたびは小社の単行本をご購読いただき、まことにありがとうございます。今後の出版物の参考にさせていただきますので下記の質問にお答えください。抽選で毎月10名の方に記念品をお送りいたします。

●内容についてのご意見

(　　　　　　　　　　　　　　　　　　　　　　)

●カバーやイラストについてのご意見

(　　　　　　　　　　　　　　　　　　　　　　)

●小説で読んでみたいゲームやテーマ

(　　　　　　　　　　　　　　　　　　　　　　)

●原画集にしてほしいゲームやソフトハウス

(　　　　　　　　　　　　　　　　　　　　　　)

●好きなジャンル（複数回答可）

□学園もの　□育成もの　□ロリータ　□猟奇・ホラー系
□鬼畜系　□純愛系　□ＳＭ　□ファンタジー
□その他（　　　　　　　　　　　　　　　　　　）

●本書のパソコンゲームを知っていましたか？　また、実際にプレイしたことがありますか？

□プレイした　□知っているがプレイしていない　□知らない

●その他、ご意見やご感想がありましたら、自由にお書きください。

ご協力ありがとうございました。

「よし、総員観測準備！」

約3時間かけて山頂に到達した僕たちは、すぐさま準備に取りかかった。

慎太郎はといえば——地面に這《は》いつくばって寝ている。いつもなら真っ先に望遠鏡の組み立てを始める彼だが、さすがに今はグロッキーなようだ。

「準備だと言っている！（げしぃっ）」

「むぎゅう……」

そんな慎太郎に、無情にも蹴《け》りを入れる天子部長。ちなみに、〝あらゆる武道に精通した格闘技の申し子〟というウワサがまことしやかにささやかれる、豪傑である。

「……きびしーなー」

「さすが、寸止めなしのフルコン観測……」

「さ、こっちも難癖つけられないうちに、さっさと始めてしまおう」

「らじゃー」

明日は我が身——部員たちは慎太郎に同情しながら、準備を手早くすませた。

観測が始まると、僕はもっぱら瞳のコーチ役を務めることになる。

入部したての頃は、望遠鏡を壊したり、『ねこ座とかオコジョ座とかってナイの？』と無茶苦茶な質問をしたりしていた瞳だったが、〝オリオン君〟購入後は、着々と知識や経験を蓄積していたようだ。

「ねぇねぇ、夏の大三角形って、どれ？」

「あれだよ」

瞳の問いに、僕は頭上を指差す。

「わぁ〜、真上なんだ」

「この時期はね……で、どれがどれだかわかる？」

「まず……あれがデネブ。こっちがベガで、それからアルタイル」

「おぉ、正解」

「ふふふ」

得意満面な瞳。

まぁ、これくらい普通なんだけどね——僕はそっと苦笑しながら、ゆっくりと星を見る。

こんなに落ち着いて見るのは、一体何年ぶりだろうか。


——子供の頃、天美天文台で過ごした思い出のキャンプ。

そこで僕らは、一つの発見をした。

ひょんなことから観測された、極めて特異な分子線スペクトル。

定常しないそのスペクトル線は、電子解像技術によって音に変換され、歌となった。

歌は世界中に波紋を呼び、宇宙工学への関心を高める一助となる。

人工的なものか、それとも神のイタズラなのか――人間には出せない、純音による旋律は、宇宙歌《そらうた》と呼ばれた。

宇宙歌――それは、地球外生命体から寄せられたかもしれないメッセージ。

――人の目は、遠い深淵《しんえん》の世界に向けられた。

21世紀初頭――地球は、自分が孤独ではないと知った。

そして僕たちには結束が生まれた。

空を見る、という行為が、空に行くという望みになる。

『みんなで宇宙に行こうか？』

その言葉は、冗談ではないように思えた。

『誰かが必ず、宇宙に行く』

誰かではなく――みんながそう言った。

どのくらい――時間が経《た》ったのだろうか。
いつしか僕は、黙って星を見上げ続けていた。
何かを語ろうにも、胸をよぎる思い出の量は、あまりに膨大すぎる。
懐かしい過去と――悲しみに満ちた過去が、僕の口から言葉を奪っていた。
と――。

「Smile is vitality」

「……え？」

突然、瞳の口が英文を紡いだ。

「Vitality is passion――Passion is power」

「何だい、それ？」

「笑ってると元気になって、元気になると情熱が出て、情熱は活力で原動力で行動力なんだもん」

訝《いぶか》る僕の視線を、瞳の眼差《まなざ》しがとらえる。

「だから……わたしは笑うの」

「…………」

それは――あの頃と変わってしまった、キミの答え？

――静かに、僕を見つめる瞳。

期待の眼差し？　だとしたら――何を期待している？

「…………」

キスじゃない、よな？

でも、まさか――。

「……ひ、ひとみ……」

その時。

「おーいっ！　正樹、瞳ちゃん！　帰るでーっ！」

——おい。

「あ……あはは、帰るって」

「う、うん……」

慎太郎のヤツめ、なんてバッドタイミングなんだ！

「まーくん、早く帰ろ」

瞳に促され、僕は望遠鏡の撤収を始めた。

日が落ち、月明かりさえ薄い夜では、少し離れただけで表情の見分けもつかなくなる。

ねえ、瞳——今、キミは何を言おうとしたの？

何を望んでいたの？

そして、僕は——何を？


合宿というからには、当然宿泊する事になる。

この観測所は、近隣からの観光客のために宿泊施設を完備しており、僕たちも使用させてもらっている。

その、宿泊施設の一室で――僕は呟《つぶや》いた。

「眠れないな……」

同室には、数人の部員（男子のみ）が雑魚寝《ざこね》している。ただ、慎太郎の姿はなかった。

「……深夜まで天体観測か？　ホントに好きだなぁ」

寝付かれないとはいえ、わざわざ慎太郎のところまで行って天体観測なぞをする気にはなれない。

それでも、僕の足は自然と、外へ向かっていた。

外に出て、夜空を見上げる。そこには、月の光よりも遙《はる》かに輝かしい、天の川が広がっていた。

「満天の星空、か……」

「そうだな。君が夢見た、星の世界だ」

「…………」

あまり驚かなかった僕を見て、アイン教授は苦笑いをしながら歩み寄ってくる。

「少しは年寄りを喜ばせるものだ」

「何言ってるんですか。教授は僕より全然若々しいですよ」

「ははは……それはそれで問題ないかね？」

――苦笑いを浮かべるしかない。

「君はまだまだ若い。夢と希望に満ちあふれるべき年頃だ」

「僕に夢がないことは、とっくに知ってるはずじゃないですか？」

「やれやれ……」

教授は、少し大げさにため息をついた。

「去年ここを訪れた時、少しは夢を取り戻したのかと思っていたのだが」

「別に……そんなつもりで天文部に入ったわけじゃ……」

「まだ夏樹のことを引きずっているのかね？」

「……………」

夏樹――今村夏樹。

僕の母親だった人。

今はもうこの世にいない、思い出の中の人――。

「あれだけ宇宙飛行士を夢見ていた少年が、今や無気力の人かね？」と、教授。

「それで夏樹が満足するとでも？」

「死んだ人間は不平不満を言いませんよ」

「しかし、生きている人間なら言うだろう？」

「……………」

『いつか、あの星まで行けたらいいね』

——子供の頃、瞳はここでそう言った。

「…………」

今の僕は、何も言わなかった。夢がない人間らしく、何も言わなかった。

教授は責めることもせず、優しげな瞳で僕を見つめてくれるけど——。

『笑ってると元気になって、元気になると情熱が出て、情熱は活力で原動力で行動力なんだもん。だから……わたしは笑うの』

ふと、瞳の言葉がよみがえる。

昔の瞳からは考えられない言葉。

そして——今の僕には、当てはまらない言葉。

『転校……したくないよぅ……』

——そう言って涙を流した少女は、どこへ行ってしまったんだろう。

一緒に宇宙へ行こうと約束した少女は、どこへ行ってしまったんだろう。

——いや、卑怯《ひきょう》な問題のすり替えは、やめよう。

あの時の少女が約束した相手は、一体どこへ——？

第8章　体育祭

〝天高く、馬肥ゆる秋〟とは、誰《だれ》が言い出したことなんだろう。

馬が肥えるかどうかは分からないけど、空が果てしなく高く見えることは確かなようだ。

——体育祭の今日、群青色の空は、いつになく美しい。

絶好の運動日和といってもいいだろう——ちょっと暑いのが難点だけど。

「出番まで、まだまだ待たされそうだなー」

僕の出る100メートル競走は、プログラムの後半。それまではすることもないので、目一杯だらけきっていた。

ふとした拍子に横を向くと、少し離れたところに瞳がいる。

「はろー、瞳」

「あ、まーくん……」

「……今日はなんだか、いつもの元気がないね」

僕は思わず、首をかしげた。

いつもなら飛びついてくるはずの瞳が、力無くうなだれているのだ。

「ちょっと、体調悪くて……ははは」

「大丈夫なの？」

「う、うーん……」

「熱は……ないよね」

「だ、大丈夫大丈夫……ん」

ガッツポーズをとろうとした途端、息を詰まらせる。これは、相当ツラそうだ。

「息苦しいの？」

「そんな大したコトないんだけど……」

「体育祭、見学した方がいいんじゃない？」

僕、少し心配して提案する。だけど瞳は、

「ううん、やる！」

と、強くかぶりを振った。まあ、体調は本人が一番分かってるはずだから、本当にヤバければリタイアするだろう。

「ところで、出場種目って何だっけ？」

「障害物競走だみょん」

「……瞳が一番出ちゃいけない種目だと思うんだけど」

「えー、どーして？」

瞳は不思議そうに声を上げるけど——自分のドジさ加減を自分で悟ることはできないモンなんだろうか？

「平気だよー。こう見えても運動は得意なんだもん」

「……本当〜？」

これまでの経験が僕に、つい疑わしそうな声を出させるのであった。

『障害物競走に出場する選手は……』

「あ、出番だ。行ってくるね」

「うん、気をつけて、くれぐれも」

「平気だってば………はぅ」

——本当に大丈夫なのかな、あんな調子で。

ともあれ、障害物競走が始まった。

瞳は、遅くもなく速くもなく、といったところ。

ハードルに始まり、平均台、壁、網くぐりと、緩急の厳しいコースが続く。

しかし——ちょうど瞳が跳び箱まで来た、その時。

「あーうー……」


ドンガラガッシャーン!


一瞬クラッとしたかと思うと、瞳は跳び箱に頭から突っ込んでいた。

「ひ……瞳!」

僕はとっさに、校庭に飛び出した。

どこで油を売っていたのか、慎太郎もほぼ同時に駆けつける。

「おう、正樹！」

「慎太郎、瞳が！」

「分かっとる分かっとる。俺、手伝うわ」

「よし、行こう！」

僕たちは、気を失った瞳を大急ぎで保健室に運んだ。

保健室には、待機していた体育祭本部から、校医の朝末《あさすえ》先生が戻ってきていた。

「跳び箱相手にクラッシュしたのは、そのコ？」

「はい！」

「診《み》たってください」

「じゃあ、ベッドに寝かせて」

先生は手早く瞳の脈を取り、額に手を当てる。

――そしてほどなく、安心したように表情をゆるめた。

「軽い日射病だね。このまま夕方まで寝ていけば大丈夫と」

「……やっぱり」

ため息をつく僕。ふと、先生が肩にポンと手を置いて言う。

「じゃ、あとよろしく」

「え？」

「起きたら水分だけ補給させといてねー」

そして、さっさと本部へ戻ってしまった。そりゃ、忙しいのは分かるけどさー。

「……まあ、何事もなくてよかったわ。俺、ちょっと担任に報告してくるな」

「うん、頼む」

慎太郎を見送ると、僕はパイプ椅子《いす》に座って、ベッドで眠る（気絶している）瞳に向き直る。

それにしても――瞳も無茶するなあ。

「ううん……いっとうしょう……むにゃむにゃ」

ハハハ――何か、気楽な夢を見ているな。

「ううん……くらえ、はんまーぱーんち……」

――アニメの夢？

「ううん……ワタシハカセイジン、チキュウハワレラガイタダイタ……」

今度はＳＦか。どんなストーリーを展開しているのやら。

「ううん……じゅてーむ……」

恋愛ものらしい（しかもフランスの）。

「ううん……Ｔマイナス４分、フライトコントロールデータチェック……」

あ、ロケット打ち上げだ。

「……油圧ポンプ作動、ＡＰＵ安全装置解除、フライトレコーダー作動、時計動作異状なし……」

——やけにリアルだな。

「……Ｔマイナス２分。非常用酸素弁開放、内部電力切り替え終了、各部電圧正常……」

「瞳？」

「……うぅん……いってきまあす……」

「寝言なの？」

「そうだよー」

「起きとるんかい！」

「Ｚｚｚｚ」

——イヤな寝言だなあ、まったく。

「Ｚｚｚｚ」

しかし、こうやって寝顔を見てると——や、やっぱ、可愛《かわい》いな。

ふたりきりの保健室——こーゆーシチュエーションの中にいると、理性を抑えるのに少なからず努力を要するぞ。

「うぅん……」

悩ましい息づかい。

――ちょっとくらいなら、キスしても大丈夫かな？

「ん……まーくぅん……」

「わぁっ、ごめんなさい！　……って、寝言じゃん」

思わず胸をなで下ろし、続いて自分の馬鹿《ばか》さ加減を反省する僕。

どうも夏合宿の夜以来、少し瞳のことを過剰に意識しすぎているような気が、しないでもない。好意は最初から抱いているものの――それが恋かといわれると、未《いま》だ判断に迷っている。

あるいは、認めるのが恐《こわ》いだけなのかもしれないけど、それすらも自分で判断しきれない。と――。

「……ご……めん……ね」

おもむろに、瞳が何か呟《つぶや》いた。

慌てて、彼女の唇に耳を近付ける。

「…たしは…なれない、から…………」

「え？」

――なれない？

何に？

悲しそうに、苦しそうに眉《まゆ》をひそめる瞳。

彼女は、何がそんなに悲しいんだろう？

何がそんなに苦しいんだろう？

「…………！」

不意に、僕は椅子から立ち上がる。

気付いてしまったのだ。

自分が、瞳のことを何も知らないということに——。


「……まーくん？」

「あ、起きた？」

西の空が赤く染まった頃《ころ》、瞳はようやく意識を取り戻した。

「……あれえ？　わたし……」

「日射病で跳び箱に突っ込んで気絶して、保健室に運び込まれたんだ」

「やだ、本当に？」

「うん」

「ひゃーっ！」

わたわたとする瞳が可愛い。

「体調はどう？」

「えーと、ちょっと楽」

「よかった」

「ずっと看病しててくれたの？　……ありがとー」

軽く微笑《ほほえ》んだその顔に、ふと影が差す。

「でも情けないなあ……日射病だなんて……」

「仕方ないよ。今日、暑かったもん」

「でも……」

「ん？」

「ううん……なんでもない」

かげりのある笑顔。

僕には、それを追求することができない。

「体育祭……終わっちゃったんだね」

「うん、もう誰もいないよ」

「ごめんね、わたしのために」

「いいからいいいから」

「…………」

恐縮して縮こまる瞳。

その顔が、僕の一言で一変した。

「そのおかげで、かわいい寝言も聞けたしね」

「きゃん！　わたし、寝言なんて言ってた⁉」

「なんだかいろいろとね」

「ひーん、はずかしー」

見る間に赤面する瞳の様子に、僕は声を上げて笑ってしまう。

「ははは」

「……ねえ。わたし、どんなこと言ってた？」

「なんか見てる夢の話……ぱんちがどうとかカセイジンがどーとか」

「はうっ……」

「？」

「隠れっ！」

あ、シーツの中に隠れてしまった。

「あのー」

「はにゅ〜……」

「もしもし、瞳さん？」

「星見瞳はただいま留守にしております」

「そ、そうなんだ……」

学年主席が、どーしてこんな子供だましな隠れ方するかなぁ。

――そのまま待つこと、１分間。

「ぷはぁ！」

「あ、出てきた出てきた」

「……あづい～、のど渇いだ～っ」

「はい」

暑さに耐えかねて出てきた瞳に、僕は用意しておいたスポーツ飲料を差し出す。

「あ……冷たくておいしい……」

「水分はちゃんと補給するように」

「はぁい」

素直なお返事、たいへん結構です。

「……まーくんってすごいなあ。行動読まれちゃってるなあ」

キミの行動が分かりやすすぎるだけだっちゅーに――出かかった本音を飲み込み、僕はもう一つの本音を口にする。

「瞳もある意味すごいけどね」

「えーと……」

「褒め言葉です」

「えへへ、そう？」

「なんか、瞳を見てると元気になるよ。バイタリティを分けてもらってるみたいな……ほら、天文部だって瞳が強引に誘ってくれなかったら復帰しなかっただろうし、星だって見ようとしなかっただろうし」

「うーん、確かにまーくんって、たまにちょっと弱気だもんね」

そ、それを言われるとちょっと――。

「でも、まーくんって本当は、情熱ある人だと思うよ」

「そうかな？」

「そうだよ」

「……そうかなあ？」

「そうなの！」

情熱ある、ねえ――うーむ。

「あはは、悩まないでよ。さ、起きよっと……あ、あれ？」

瞳は笑いながら立ち上がろうとして、いきなりバランスを崩した。

「あっとっとっとっと……」

「おわっ！」

た、倒れるっ⁉

僕はとっさに手を伸ばし、瞳を支えようと——。

「きゃ！」

「っっ‼」

ちゅ——。

「…………」

「…………」

——キス、してしまった——。

支えようとしたはずが、身体全体で受け止めてしまったのだ。

僕と瞳の間で、時間が止まる。

ドキドキドキドキと鼓動が高鳴る。

お互い、どうすればいいか、分からない。

永遠とも思える数十秒の後、凍りついていた僕の舌が、

辛うじて動き始める。

「……あの、ごめん……」

「わたしこそ……ふらついちゃって……」

「えっと……」

「はー……」

「あ、あの……ちょっと……トイレ」

「う、うん」

いたたまれなくて、席を立つ僕。

まいった——しばらくは瞳と、顔を合わせにくいぞ、これは。


アクシデントとはいえ、瞳と初めてキスをした——その事実に舞い上がってしまった。

だから僕は、この日起こったいくつかの出来事の意味に、すぐには気付かなかったのである。

第9章　The Day

その時――暗い工場内が、一瞬乳白色に染まった。

壁で減光させられて、なお室内を照らすほどの猛烈な閃光《せんこう》。

そして大きく工場が揺れた。

手で障子戸を突き破る音を、何百倍にも増幅したような轟音《ごうおん》。無数の破裂音がして、ガラスが全《すべ》て同時に吹き飛ばされた。鼓膜が無事だったのは奇跡に等しい。

更に激しく工場が揺れる。

日光が差した。

上を見て唖然《あぜん》とした――天井がなかった。

爆風に、持っていかれたのだ。

そして――隣接していた壁が吹き飛んだ。

僕の身体は、木の葉のように宙を舞った。

舞いながら、いろいろ考える。何故《なぜ》だか知らないけど余裕がある。

あぁ、そうか――これは。

夢なんだ――。


前の日に、母さんは言った。

『この7度目の実機試験が成功すると、【はばたき】もついに宇宙に飛ぶことになるわね』

ジョンが、珍しく僕のお願いを退けた。

『燃焼実験を見たいだって？　悪いが、それは聞けない相談だ……万が一があるからな』

万が一――それが起きた。

僕は、それに巻き込まれて吹き飛んだ。

――奇跡的に、僕はかすり傷で済み、ジョンに初めて怒られた。

他に何人かが、大なり小なり怪我《けが》をした。

そして――母さんが死んだ。

この事件はスクープとなり、一時期盛り上がっていた宇宙開発への気運を大いに引き下げた。

多く人の夢が、この失敗によって断たれた。

その中には、僕自身の夢もあった。

いや――断たれたのではない。

断ったのだ――僕は。

裏切られたのだ。夢に。

「…………」

そっと目を開けると、自分の部屋の天井があった。

「夢か……」

希望という意味ではない。

単なる寝ているときに見る夢――それも、悪夢の部類に入る。少なくとも、休日の朝に見ていい夢ではなかった。

とっさに、軽く身震いする。初冬の冷え込みのせいばかりではないのだろう。

――瞳が転校していった数日後の、あの日。

三陸技研の実験施設で、僕はロケットの燃焼実験を隠れ見ていた。ジョンにはダメだと言われたけど、どうしても見たかったから。

何気ない、いつもの風景のはずだった。

でも、実際には――地上燃焼実験施設が、突然大爆発を起こしたのだ。

――忘れたくても忘れられない、忌まわしい思い出。いつもは記憶の底に封じていても、ふとしたきっかけでまざまざとよみがえってしまう。

思い出したくなんてないのに。

「クソ……っっ!!」

罪のない枕《まくら》を投げつけて、憂さ晴らしを試みるのと同時に——電話のベル音が、やかましく室内に響いた。

苛立《いらだ》っているときに聞く機械音は、より一層神経を逆なでる。

それを声色に出さないよう注意して、電話に出る。

「はい……どちらさまで？」

『まーくん？　瞳で〜す』

「…………」

明るい声——というか、脳天気な声だ。いつものことだけど。

「なに？」

『ちょっとこれから、付き合って欲しい場所があるんだけどぉ……』

「……いいけど、どこに行くの？」

『着いてからのお楽しみぃ』

「…………」

気分転換くらいにはなるだろう——そう考えて、僕は1時間後、瞳と待ち合わせた。

「で、どこ行くの？」

「だぁかぁらぁ、ついてからのお楽しみだってば」

「…………」

瞳に手を引かれるままバスに乗り、ただ過ぎゆく景色を眺める。

――途中から、僕の表情がこわばったことに、瞳は気付いているだろうか。

懐かしい道――子供の頃《ころ》、よく通い詰めた道だ。

「とーちゃくー！」

「………………」

そう。

ここは三陸技研――僕の母さんが勤めていた会社の、跡地。

「やぁ、正樹」

「ジョン……」

さも当然と言わんばかりに、ジョンが出迎えてくれる。

ジョンは僕と瞳を、閉鎖された施設の一画に案内した。

そこには、灰白色の御影石《みかげいし》が置かれていた。

中央に刻まれた3文字は――〝慰霊碑〟。

「この慰霊碑はね、夏樹を弔うだけじゃなくて、もう二度と同じ過ちを繰り返さないようにと心がけるために建てられたんだよ。僕も毎年、時間を見つけては来ているんだ」

荒れ放題の場所なのに、慰霊碑の周囲だけは綺麗《きれい》に掃除されている。

「…………」

僕は、黙祷《もくとう》を捧げた。

瞳もジョンも、僕に倣《なら》う。

――静かな時間。

肌に冷たい秋の風。

そして、少し温かいジョンの声。

「そろそろ……君自身を取り戻す時期なんじゃないかい？」

「…………」

母さんの死。

夢の喪失。

死への恐怖。

失敗への恐怖。

――応《こた》えられない。

「いつまでも引きずってても夏樹は喜ばないよ」

ジョンの言葉は理解できる。

だけど――僕は、分かり切ったことを尋ねる。

「……僕自身って、なに？」

「宇宙飛行士を目指していたキミだ」

「…………」

「まーくん？」

「マサキ？」

答えを急く二人に背を向ける。

何を答えればいいんだろう？

いや——何て答えればいいんだろう？

「マサキ！　どうして……っ！」

苛立つジョンの声が、逆に僕を無気力にしていく。

僕はただ、ゆっくりと慰霊碑の前から立ち去ることしかできなかった。


駅でジョンと別れ、家までの道をゆっくりと歩く。

「まーくん……」

そんな僕の少し後ろを、瞳がおっかなびっくりでついてくる。

「まーくん……ジョン、寂しそうな顔してたよ？」

「………」

「宇宙飛行士になりたいんじゃなかったの？」

「………」

「ジョンの言う通りだよ。まーくんならまだ間に合う」

瞳は一生懸命、僕に訴えてくれる。

今の僕には、それすらもつらい。

「……お母さんもそれを望んでるよ？　確かに壁は大きいかもしれない……けど」

「……りだ」

「えっ？」

「無理に決まってる！　僕はもう、あきらめたんだ！」

吐き捨てる僕。

「そんな………」

瞳の顔は見ない。

悲しげな表情をしてるなんて見なくても分かる。

だから見たくない。

「どうして？　あきらめることなんて……」

「そんなになりたいなら、瞳一人でなればいい！」

「そ、それは……」

「瞳には分からないよ……」

僕の声は、少し震えていた。

「自分に夢をくれた、その人がその夢を追って命を落としたんだ……それがどれだけ僕を苦しめたか！　夢をあきらめた僕の気持ちなんて、分からないだろう⁉」

「まーくん……」

——瞳の思いには気付いていた。

だけど、僕はそれを否定した。

夢を見つめるのが怖かった。

だから、夢を突き付けられたとき、僕は逃げてしまったんだ。

夢から。

そして——瞳の気持ちから。

赤すぎる夕焼けが、走り去る僕を染める。

まるで、あの時流した血のように——。


重苦しい朝。

年末ということもあって、かなり冷え込んでいる。

このまま学校を休んで寝ていたい気にもなるが、そういうわけにもいかない。

「仕方ない……行くか」

トーストで軽い朝食をとり、いつもの通り家を出た。

「あ」

「…………………」

まるで計ったかのように立つ瞳を、僕は無視して歩く。

「…………」

「…………」

二人とも、無言で歩く。と。


べちっ！


「はうっ！」

――背後で、瞳が転んだらしい。

「てへへ……こ、転んじゃったぁ」

たぶん、僕の気を引く演技なんだろう。

「…………」

だけど、僕は立ち止まらない。

歩く速度も落とさない。

僕が、瞳と一緒に登校しなきゃならない理由は、どこにもないのだ。

「…………」

「…………」

たたた、と小走りで僕の後ろにつき、また歩き出す瞳。

付かず離れず——端《はた》から見たら、なんて健気なんだろう。だけど——。


昼休み。

僕は一人寂しく、『迎賓館』で昼食をとっていた。

いつもは美味《おい》しいはずのランチセットも、今日は箸《はし》がすすまない。

普段はちょっかいをかけてくるゆかりちゃんも、僕の虫の居所が悪いことを察したのか、話しかけても来ない。

ぼ〜っと外を眺めつつ、おかずを箸でつつく僕。

「あ、あの……」

「…………」

「隣、いい？」

ランチトレーを持って、微笑《ほほえ》む瞳。

「あぁ……もう食べ終わったから」

僕は席を立つ。

「え？　で、でも、そんなに残ってるのに……」

「お腹空いてないんだ……じゃ」

「あ……」

手がふさがっているから、瞳は引き留めることもできない。

僕は安心してカフェを後にした。


授業を終え、掃除を終え。

僕は部室に顔を出すでもなく、昇降口へと直行する。

まだ時間が早く、皆それぞれにはしゃぎ回ったり部活へと急いでいる。

でも――。

「ま、まーくん」

「……なに？」

走ってきたのだろう。少し息が荒い。

「あ、あの……部活、は？」

「今日は用事があって、急いでるんだ」

「あ、あはは、そうなんだ……そっか……」

「………」

「あ、明日は……」

「それじゃ」

「………」

瞳の言葉をさえぎり、僕は歩き出す。

背後に佇《たたず》む瞳の気配が、僕の心に暗い影を落とした——。

「慣れなきゃ……」

知らないうちに、僕は呟《つぶや》いていた。

今のままでは、僕はずっと、瞳を避けて暮らさないといけない。

そんな毎日に——針のむしろに座らされるような毎日に、僕は慣れないといけない——。

進学希望の2年生が、最初に進学のことを意識させられるイベント――進学説明会。

これは、2年次の末から3年次中期にかけて、ひっきりなしに行われる。要するに、大学から講師や関係者を招いて、進学に関する話を聞こうというものである。

その記念すべき第1弾が、今日。7校の大学関係者が招待されていた。

6限目のホームルームを省略して、参加希望者は体育館に集まる。

進路説明会の参加者は、ぱっと見て200名ほど。中には、一応進学組の僕や――瞳の姿もあった。

講演は、主に大学事務の人や助教授によって行われる。

各校の説明が淡々と過ぎていくのを、僕はぼんやりと聞いていた。

将来か――特に行きたい大学があるわけでもないしなぁ。

――長い時間をかけて、6校目までが滞りなく終わる。

次が最後か――あくびをかみ殺す僕の目が、次の瞬間、講演者に釘付けとなった。

『あー、こんにちは。International University of Space Aeronautics and Scienceからやってきました。ジョン・ウィリアムズと言います』

「…………は？」

な、なんでジョンが、壇上に立ってるんだ⁉

外国人、ということで、集まった連中が少しざわついた。

インターナショナルは最近の流行《はや》りだ。

『略称はＳＡＳ……日本語の名称は、国際航宙科学大学です』

ざわめきが少し大きくなる。

僕の心のざわめきも、しかり。

『この大学は、日本にはありません……太平洋上に、存在するのです』

——おい。

『海上に浮かぶ超大型浮体構造物、その集合体を敷地として建築されるＳＡＳは、宇宙開発事業を主眼に据えた人材教育ならびに研究の場として、世界中から人材を集めることになります』

——おいおいおいおい！

『つまり、ちょっとばかりスケールの大きな国際大学ってことで』

——ちょっとなんてものじゃないぞ、それは！

紹介された7校の中で最も学生たちがざわめいていることからも、それは明らかだ。

『基本的には、本校の教育事業は第二期国際スペースコロニー計画と直結しています。つまり、この計画を担う若者を教育する場として、ＳＡＳは機能するということです。本発表は、明日主要な報道機関に公布され、たぶん、それなりの世論を招くことになると思います。……ＳＡＳ設立に関わった者の一人としては、諸君らのような若者の中から、有望な人材が育ってくれることを期待したいと考えているよ』

絵空事にも等しい大風呂敷《おおぶろしき》を広げた後、ジョンは学生たちにウインクをした。

「ムッチャクチャだなぁ」

呆然《ぼうぜん》と呟く僕。

夏合宿の時のジョンの出張は、この話に絡むことだったのだろう。

——それからジョンは、日本の宇宙開発史について少し述べた後、三陸技研での事故の話をした。

母さんの、死んだ事故。

『当時は、宇宙開発に対する否定的な意見が多かった。だから、なんとしても私たちはSA-2000を成功させる必要があったのです。しかし、結果は……』


——昔。

母の夢は自分の夢だった。

母の語る宇宙への夢は、幼い僕の心を虜《とりこ》にした。

空を見るのが好きになった。

月を見るのが好きになった。

星を見るのが好きになった。

僕の夢は、宇宙飛行士になった。
母は僕を仕事場に頻繁に連れて行ってくれた。
難しい理論は分からなかったけど、やらなくちゃいけないことは教わった。
ジョンと友達になって、色々と教わった。
〝宇宙飛行士〟になるためには、勉強ができなくちゃ駄目だ。
体力も必要だ。
ジョンは、幼い僕を対等に扱ってくれた、初めての友達だった。
そのジョンから教わった。
「女性には優しくしなきゃダメ」
「友達は大切にしなきゃダメ」
だから僕は、彼の信頼を得るためにもそれを守らなくちゃならないんだ。
それも守れないようじゃ、とうてい〝宇宙飛行士〟になんかなれないって。
僕は、頑張《がんば》れる。
母のためにも、ジョンのためにも。
そして、僕自身のためにも。
そう、思っていた時代があった——。

「…………あ」

ふと気が付くと、瞳が僕を見ていた。

嬉《うれ》しそうに、困ったように。

――瞳はこのことを知っていたんだろうか？

「…………」

ダメだ――素直に瞳を見ることができない。

僕はわずかに、目をそらした。

直後――一瞬前の映像が、僕の心臓を締めつけた。

今の、瞳の顔――異常に真っ青だった！

とっさに、さっきまで瞳がいた場所に目を向ける。

でも、そこに瞳の姿はない。

バタン――何かが倒れる音がした。

「きゃあーっ⁉」

「女の子が倒れたぞ！」

「だ、大丈夫？　……ねぇ？　ねぇってばっ⁉」

「ど、どうしたんだ⁉」

「誰《だれ》が倒れたって⁉」

「きゅ、救急車だ、早くっ!!」

——何が起こったのか分からなかった。

沸《わ》き上がるどよめき。

立ち上がる人々。

——倒れた瞳。

「あ……あ………」

大騒ぎになった館内で、僕は一人、事態が飲み込めずに立ち尽くしていた。

僕は——動けなかった。

先天性心疾患——生まれつき心臓の一部に欠損などがあるもの、あるいは心臓に直接つながる大動脈や肺動脈などの血管に異常があるもの。
発生率はごく軽微なものも含めて100人にひとり。つまり、約1パーセントでしかない。
瞳は——自分の病気を知っていた。いや、気にかけていれば、注意していれば僕にもそれは分かったはずだった。海で溺《おぼ》れかけた時も——。

『……まーくん……苦し……胸が……』

体育祭の時も――。

『息苦しいの？』

『そんな大したコトないんだけど……』

もしかしたら子供の頃にも、そんなことがたくさんあったかもしれない。

でも、覚えてない。

僕は――教えられただけ。

『……詳しい病名はボクも知らなかった。ただ、春に再会した時、心臓病だから宇宙飛行士にはなれない、と……そう聞いただけだ』

――瞳が病院に運ばれた後、ジョンはつらそうに眉《まゆ》をひそめて、語った。

『残念だったよ……彼女が宇宙を目指せないことが。宇宙をあきらめるには、彼女は聡明《そうめい》すぎる。でも彼女は……絶対になれないと分かっていた彼女は、夢を捨てなかった。勉強も運動も、自分にできるだけのことをしてきた。絶対になれないのに』

そして――僕を正視して、言った。

『キミはどうだ、マサキ？　キミにはなんの障害もない……それなのに……』

『……では、貴様の言い分はこうか。他人より優れた位置にいないと、何もするつもりがないと。何もやる意味はないのだと……』

――鉄拳制裁が日常茶飯事の天子部長には、いつになく哀しそうな、そして穏やかな口調で言われた。

『世の中にはな……平凡にすら達することのできない人間もいるんだ。お前は……五体満足なお前は、そういうことを考えたことがあるか？』

耐えきれなくなった僕は、思わず反論し――さらに打ちのめされる結果となった。

『ぶ、部長には言われたくありません！　知識も、体力も、人の何倍も優れてるじゃないですか！』

『……色盲の私が、か？』

『えっ……』

『そんな私が、何の障害もないお前より優れた位置にいる……お前は、そう思うのか？』

『…………』

星の放つ光の〝色〟がもたらす情報の量は、極めて多い。その情報を感知できない――

天文学者として、このハンデは大きい。

それ以前に、自らの憧憬《どうけい》の対象である星々の、真の姿を知ることがかなわない――その心痛の深さを、僕が推し量ることなど不可能だ。

結果として、僕は天子部長までも傷つけてしまった――。


みんな、自分の目指す夢があった。

まるで示し合わせるかのように、その夢が破れた人間ばかりがそろった。

傷を舐《な》め合う感覚が、僕を安心させたのか？

血と苦痛と後悔だけしかない、そんな感覚が――？


終業式まで瞳は登校せず、教室は不必要な静けさに覆われた。

曇天が憂鬱《ゆううつ》を誘い、早くも訪れた雪の気配に身を切られる。

そして、僕はアパートに戻る。

静かになった隣室に、いくら耳をそばだててみても、あの騒がしい笑い声は聞こえてこなかった。

――僕は、何をしているんだろう？

「はぁ……」

ため息を吐いても、一人暮らしの狭い部屋に響くだけで、誰の耳にも届かない。

その時――電話のベルの音が、僕の鼓膜に突き刺さった。

『よぉ』

慎太郎だった。

『だいぶ疲れとるらしいなぁ？』

「そんなことないよ」

『そか？　ま、そりゃええわ……』

慎太郎はいつもの口調で、さりげなく尋ねる。

『ところで……瞳ちゃんの見舞いには行ったんか？』

「……いや」

『そか……なぁ、正樹？』

「…………」

『お前ら二人のことに、口出しするつもりはあらへんけど……〝女男〟だけにはなるなや？』

「し、しんたろ……！」

『それだけや』

——電話が切れた。

だけど、僕はすぐに、受話器を置こうとしなかった。

〝おんなおとこ〟——数年ぶりに耳にする単語に、僕の記憶中枢が強く刺激されたのだ。

——僕がまだ夢を持っていた頃。

僕は慎太郎にいじめられていたことがあった。


『今村……オマエ、女子になれや？　その方が似合うとるわ』

『ナヨナヨよしくさりおってからに。うっとおしぃんじゃ、この〝オンナオトコ〟がっ！』


——あの頃の僕は、ガキ大将肌だった慎太郎にひどく嫌われていて。

自分ではナヨナヨしていたつもりはなかったけど、当時は女の子の友達の方が多かったから、そう呼ばれても仕方ない雰囲気ではあった。

でも、その頃から僕は夢を持っていた。

本気で宇宙飛行士になれると信じていた。

そのための努力もしたし、夢を共有し合える人もいた。

それに比べて今の僕は——ホントに〝女男〟なのかもしれない。

「ただいま」

「おかえり」

――1年半ぶりの、父さんとの挨拶《あいさつ》。

僕は冬休みに入るなり、実家に帰省した。

田舎に帰ろうと思った理由は、分からない。

ただ、〝帰らなければならない〟という、妙な焦燥感《しょうそうかん》があったのだ。

「そろそろ進学のことは考えているのか？」

「……いや、まだだけど」

「就職か進学かも決めてないのか？」

「……うん」

「まあ、よく考えて、自分のやりたいことをやればいいさ。お前の人生だ」

「やりたいこと……か」

「まだ時間はある。ゆっくりと悩むんだ」

「……そうする」

父さんと少し話をした後、僕は自分の部屋に行った。

部屋は、意外と片付いている。どうやら、妹の朝子《あさこ》が掃除をしてくれてるようだ。

ふと、おもむろに押し入れからダンボール箱を引っ張り出す僕。

もう着なくなった中学の制服、卒業証書、古い教科書――箱の中は、古い記憶の巣窟《そうくつ》だった。

あ、これ――小学校の時の作文だ。

何を書いたっけなぁ――あはは、宇宙飛行士だけ、漢字使ってやんの。

お、こっちには絵がある。宇宙遊泳する自分の絵だ。

ヘタクソなクレヨン画だけど――懐かしい。

黒い宇宙に浮かぶ、銀色のロケットと白い宇宙服。

あの頃は何も考えず、ただ単純に自分のやりたいことをやりたいって言えた。

子供ってそうなんだろうな。

無知で幼くて自己中心的で、起きていても夢ばかり見ているような時期だ。

その純粋さが――今の僕には羨《うらや》ましい。

――母さんが逝ってからの数年間、僕の時は止まったままだった。

何もしてこなかったわけじゃない。でも――。

心の奥底にある、夢への恐怖――死への恐怖――失敗への恐怖。

瞳を好きになればなるほど、増大する恐怖――失敗への恐れ――孤独への恐れ。

――自分が惨めになる。

ヤケになる。

夢を抱く故《ゆえ》に孤独が強まるのなら、夢なんか持たない方がマシだ。

そう、思っていた——。


『お母さんが作ってるロケットって、月まで行けるの？』

『月までは届かないわねー』

『なーんだ、つまんないの』

『言ったなー？　でもね、これが完成したら、次はもっと大きなロケットを作ることになるわよ』

『そしたら、月へ行ける？』

『行けるわ。そしたら次は、もっと遠くまで』

『もっととおく……』

『火星とかね。月はもう、アームストロング船長たちが行ってるけど、火星はまだ誰も行ったことがないのよ』

『ほんと？』

『ほんとよー』

『じゃあ僕、火星に行く！　一番最初に火星に行くんだ。お母さんの作ったロケットで』

『ふふ……じゃあお母さん、正樹のためにもっとがんばってロケット作らないと』

『うん！』


――そして、あの事故が起きた。

母さんの夢が、母さんを殺してしまった。

それは、僕の夢でもあったんだ。

だから僕は――夢を捨てた。

僕だけが、捨てた――。

『宇宙飛行士になりたいんじゃなかったの？』

――なりたかったさ、子供の頃は。

『……お母さんもそれを望んでるよ？　確かに壁は大きいかもしれない……けど』

――そう。大きいんだ。高すぎるんだよ、壁が。

『〝女男〟だけにはなるなや？』

――できないことをできないって言うのがそんなに女々しいかよ。

『でも彼女は……絶対になれないと分かっていた彼女は、夢を捨てなかった。勉強も運動も、自分にできるだけのことをしてきた。絶対になれないのに』

『キミにはなんの障害もない……それなのに……』

僕には――――。

『世の中にはな……平凡にすら達することのできない人間もいるんだ。お前は……五体満足なお前は、そういうことを考えたことがあるか？』

――できないこと。

それは――できないんじゃなくて、やらないことだ。

ただ、やらないだけ――。

それに気付いた時――あるいは、思い出した時。

『まーくん』

一緒に通学した瞳の姿が――。

『まーくん♪』

笑顔でしがみついてきた瞳の姿が――。

『まーくん！』

ややスパルタな感じで数学を教えてくれた瞳の姿が――。

『まーくん……』

天美山の山頂で見つめ合った瞳の姿が――僕のまぶたの裏に、一斉によみがえった。

「…………」

目頭が熱い。

頬《ほお》を伝う涙が熱い。

その熱さに――心が痛い。

『そんなになりたいなら、瞳一人でなればいい！』

『それがどれだけ僕を苦しめたか！　夢をあきらめた僕の気持ちなんて、分からないだろう⁉』


僕は――なんて酷《ひど》いことを――！

あれは断じて、自分であきらめただけの人間が、あきらめざるを得なかった人に対して言っていい言葉じゃない。

心臓病のことを知った時、彼女はどんな気持ちだっただろう。

あれだけの頭脳を持ちながら――夢も希望も、そして願いもたくさんあるはずの彼女が――そんな些細《ささい》なことで全てを断たれるなんて。


『Passion　is　power』

『笑ってると元気になって、元気になると情熱が出て、情熱は活力で原動力で行動力なんだもん』

『だから……私は笑うの』

瞳の笑顔がよみがえる。
彼女が倒れた今、その笑顔を見ることはできない。
僕が――笑えなくしたから。
せっかく笑えるように努力した彼女を、また笑えなくしたのは僕だから。
彼女が僕に託した夢――希望――願い。
それら全てから目を背けて――。
「…………なるほど」
今、分かった。
僕はこれを見に、帰ってきたんだ。
古い作文を、絵を見直してみる。
昔の自分を――思い出しに来たんだ。
もう忘れかけていた、子供の頃の強い願い――夢を。
自然と、僕は微笑んでいた。
こういうものなのかもしれない。
きっかけはほんの小さな出会いとか、その場の勢いとか――。

でも、そういった積み重ねが誰かの道を開いたり、背中を後押ししたりするんだろう。

後押ししてくれたのは瞳。

そして母さん、ジョン。

慎太郎も、部長も——僕を取り巻く全ての人が、僕を支えてくれている。

そのみんなの言う通り、僕は何もしていない。追いかけてもいないうちに、あきらめてた。

それじゃ夢はかなわない。

やってみよう——いや、やるんだ！

「もう、天美市に帰るよ！」

「そうか……おせちを食べていってやらんと、朝子が怒るぞ？」

「謝っといて！」

僕は、実家を飛び出した。

父さんは、ほとんど引き留めようとせず、僕を送ってくれた。

目指すは天美市——いや、瞳の入院しているはずの病院。

「伝えなきゃ……！」

どうしても伝えなきゃいけない、大切なことがあるんだ！

年末運行で本数の少なくなった電車に、僕は意を決して飛び乗った。

「僕は……もう、逃げない……！」

——月日は、流れた。

第10章　ルーツ

あれ以来――僕は、瞳と会っていない。

大急ぎで実家を飛び出した1年前――僕が駆け込んだ病院に、既に瞳はいなかった。

手術のために、転院していたのだ。クラスメートでしかなかった僕に、看護婦さんは転院先を教えてくれなかったのだ。

『言いたいことが……話したいことがあるのに……！』

あれほど落胆したのは、母さんが逝ってしまった時以来かもしれない。

でも――あの日の誓いを、僕は破らなかった。

『僕は……もう、逃げない……！』

そう誓った以上、瞳に会えない〝程度の〟ことで、夢を再びあきらめることは、ありえなかった。

瞳の姿のない友愛学園で、僕はひたすら夢を追った。

数学を、英語を、ロシア語を、物理を――およそ、宇宙飛行士を目指すのに必要と思われる知識を、片っ端から吸収した。

そして、1年後の今――僕はSASへの切符を手に入れていた。

夢の入口へのパスポートを、この手につかんだのだ。

ただ――夢への切符を手に入れても、心の空虚が完全に埋まったわけではない。

僕の夢のパズルを完成させるには、あと1ピースだけ足りなかった。

春の夜——。
バスに揺られて辿り着いたのは、夢と希望にあふれていた場所。
昔、夜空を見上げるためにやってきた場所だった。
——そこには、夢が散りばめられていた。
その草原に行くには、子供の頃《ころ》の隠れ家だった林を抜けなければいけない。
生い茂る木々をかきわけて、僕は無心に先を目指す。
あの場所に向かって、突き進む。
子供の頃はとても近く感じた場所だった。
身長も高くなって、歩幅も広がったはずなのに、そこはとても遠く感じた。
とても遠い道のりだった気がする。
ここまでくるのにこんなに時間がかかるなんて。
こんなに遠回りするなんて。
あの頃の僕には考えられなかったんだ。
もう少し——多分もう少し——息を弾《はず》ませながら、ひたすらに木々をかき分ける。
そして——たどり着いた。

そこは、僕の〝ルーツ〟だった——。

宇宙《そら》を、一筋の光が流れる。

満点の星空。

あの頃と変わらず輝く星々。

僕はその下に立つ。

そして視線を下ろした先には——。

「……瞳？」

驚いた。

同時に、納得もした。

今日、この場所で、瞳と再会できるとは、思いもよらなかった。

だけど——夢への扉を開けようとしている僕にとって、彼女と再び巡り会うのは、必然であるような気もしたのだ。

「やっぱり……」

「え？」

「もう、願いがかなっちゃった」

瞳は、少し大人っぽくなった顔に、はにかんだような笑みを浮かべる。

「なんか、久しぶり、だね……」

「うん……」

「卒業おめでとう……」

「うん……」

「それから……SAS合格も」

「……うん」

少し、謎《なぞ》が解けた気がする。

SAS合格を知ってるってことは、大方ジョンにでも連絡をもらったんだろう。そして、僕がここに来ることを予測したんだ——。

「あは！　さっすがまーくん。ちゃーんと夢、手に入れちゃうんだもん！」

不意に瞳は、いつもの陽気な声を張り上げた。

「やっぱり、わたしが思った通りだよ。素質あったモンね、うんうん。いやぁ〜、わたしの人を見る目も大したモンだ。うん」

——無理に元気を出してるようにも見える。

「瞳……心臓の方、どうなの？」

僕が尋ねると一瞬、瞳の表情が曇った。

「……も、平気。トライアスロンとかしなければ」

「そか」

「ん」

ゆっくりと流れる時間。

それはまるで星々の輝きのよう――。

「あのさ……瞳」

「なぁに？」

「……その……一年遅れでもいいんだけど……瞳も来れないかな……ＳＡＳに」

「でも……わたし……」

一瞬、言いよどむ瞳。

だけど次の瞬間、彼女の肩から急に、力が抜けたような気がした。

「……わたし、嬉《うれ》しかったの……」

「え？」

「そうやって、元気づけようとしてくれたこと、かまってくれたこと……」

小学校の頃の話をしているのだろうか。

「わたしね……転校した後になってやっと、自分の病気のこと知ったんだ」

「…………」

「悔しかった……悲しかった……自分がこの世にいる意味なんて、もうないと思った」

僕に、笑顔を向ける。見ているだけで切なくなる、哀しい笑顔。

「でも、わたしにはまーくんと交わした約束があったの……いっぱい、いっぱい」

「……いっぱい？」

約束をしたとすれば、ひとつだけ。


『今度会うときは、笑ってみる』


それだけ——たった、それだけ。

「えへへ♪　わたしにとっては、いっぱいだったよ。だって、わたしの〝ルーツ〟だもん」

「……ルーツ？」

「うん！　まーくんに出会って、わたしはわたしになれたの。だから、ルーツ」

「…………」

感動とも、ショックともつかない——深い衝撃。

確かに、友愛学園で再会した時、瞳があの約束を実行してくれたことは、とても嬉しかった。

だけど——あの約束は瞳にとっては、僕の想像以上に重い意味を持ってたんだ。

「わたしは笑うことができたから……まーくんがいたから、わたしはわたしでいられたから……」

瞳は一度背伸びをしてから、意を決したように正面から僕を見つめて、言った。

「だから、まーくんにも笑ってほしかった……夢を、あきらめないでほしかった」

「………」

「天美市に引っ越してきて、すぐにジョンに会ったの……まーくんのお母さんのこと、その時に聞いたよ。少しだけ、しようがないと思った……でも、夢への道を閉ざされるのと、あきらめるのじゃ違うって思った……だから、笑ってほしかった」

「………」

「子供の頃、まーくんがわたしにそう言ってくれたように……今度はわたしがまーくんを元気付けてあげたいって思ったの」

星空を見上げる、瞳。

まるで、涙がこぼれ落ちないようにするために、上を向いたかのように。

「……でも、謝らなきゃ……」

「え？」

「ごめんね、勝手に夢を押しつけて」

「……いいよ、僕の夢でもあったんだから」

「ごめんね、勝手に好きになって……」

「……いいって。僕も好きだから……」

「それから、それから……」

瞳の声が、少しわなないていた。

僕は、彼女の次の言葉を聞く前に――〝理解〟した。

その言葉を――彼女自身の口から言わせては、いけない。

「ごめんね……一緒に、宇宙に…………」

僕は、言葉が全《すべ》て紡ぎ出される前に、瞳を抱きしめた。

「謝らなきゃいけないのは僕の方だよ、瞳」

「…………………ん」

小さな肩が震える。

そして嗚咽。

「僕も……嬉しかった、瞳に出会えて……」

「う…………」

懐かしさと、嬉しさと、温かさと、愛しさ。

――僕は、瞳の涙が止まるまで、抱き続けた。

「瞳」

「ん？」

そっと頬《ほお》をとる。

瞳の笑顔が、涙でクシャクシャになっていて、台無しだ。そして――愛しい。

僕は、約束した。

「僕が、なってみせるから」

「……え？」

「この星空に誓うよ。一緒に宇宙へは行けないけど……僕が瞳に宇宙を見せるから……」

それは、僕と瞳にとってふたつ目の――大切な、約束。

「瞳の見れない分を全部、僕が見てくる。そして話すよ」

「うん……」

「……好きだよ、瞳」

「うん！」

星明かりに照らされた瞳の笑顔は、僕にとって何よりも大切なものだ。

昔も、今も、
そしてこれからもずっと――。

——さて。

家に招いたはいいけれど、この次のステップが分からない。

僕と瞳は、ベッドの上で向かい合って座っているだけだ。

「…………」

「…………」

壁掛け時計だけが、妙に緊迫した時間を刻む。

「えと……」

「え？」

「ううん、なんでもない……」

「そう……」

「…………」

「…………」

——ええい！　こうしてても、ラチがあかんわ！

勇気を振り絞って、僕はそっと手を伸ばし、瞳の頬に触れる。

「瞳……」

「少し……恐《こわ》い……」

「平気だよ」

僕の目の前に、瞳がいる。

その言葉の通り、瞳は未知への恐れに小さく震えている。

初めての体験——だけど、それは僕も同じことだ。

「好きだよ……瞳」

「私も……」

キスをする。

「ん……」

深く。長く。

そうしていると、次第に気分も高揚してくる。自分がこれから何をするのかという意識が、急に現実味を帯びてくる。

僕は思い出したように興奮した。

唇を重ねたまま、ゆっくりと瞳を押し倒す。

「……あん」

「…………」

恥ずかしいのか、少しあさっての方角に目線を向ける瞳。妙にしおらしくなっている。

さて。

服を脱がさないといけない。

さらに。

自分も脱がないといけない。

「…………」

——む、無理だ。この空気でそんなこと——!

「えっと……」

「あ」

瞳が不意に声を上げた。

「ど、どうしたのっ⁉」

まさか、また心臓が?

「シャワー、浴びてないや……わたし……」

「…………」

「…………」

「……プッ」

僕は思わず吹き出してしまう。今のは、僕の笑いのツボをずいぶん刺激してくれた。

「あ、どうして笑うの~」

「いや……あはは、はははは……それは……大変だろうと思って……ははは」

「むー」

「瞳らしいや。でも、そんなところが好きなんだけど」

「……そうなの？」

「好きでたまらない」

「……よく分かんないよう」

「そうだね。ごめん……服、いい？」

おかげで——自然に言葉が出た。

下手に気取ろうと思ったのが間違いだったんだ。

自然でいいんだ。普通で。そう考えると、少し気分が楽になる。

「あ……ごめん、自分で脱ぐね」

「いや、やらせてよ。僕が脱がせたいんだ」

「えっちぃ……」

服に手をかけ、脱がせていく。

瞳は抵抗もせずに、じっと身体を横たえている。

少し赤面しているのが、かわいかった。

上着を脱がし、シャツのボタンをはずすと、瞳の上半身が視界に飛び込んできた。

スカートのホックをはずし、引き下げる。

「あう……」

ここで、瞳が少し戸惑いを見せる。

次にブラを取ろうとして、手が止まる。

――どうはずしていいのか、分からない。

確か背中に――と、手を伸ばす。ホックのようなものがあるが、なかなかはずせず苦戦する。

「……大丈夫？」

――気を遣われてしまった。恥ずい。

「ごめん……慣れてなくて……」

「慣れてたら逆にやだよー、浮気者じゃない」

「あ、そうか」

「……まーくんのやり方でいいから」

「うん」

落ち着いてやると、ブラのホックはすぐにはずれた。

「あ……」

――言葉がない。

ただ、綺麗だった。

自分でもたどたどしいとわかる手つきで、乳房に触れてみる。

「あ……」

柔らかい。

温かいふくらみに、ふんわりと指が沈む。

指と指の間に、桜色の小さな突起がのぞいた。

その先端を吸ってみる。

「うぅん……」

しびれたように、軽く身悶《みもだ》える瞳。

幾度か軽く揉《も》みほぐしながら、僕は赤ん坊のように乳首を吸い続ける。

「……あぁ……ん……」

わりと素直な反応に、脳が沸騰するほどの激しい興奮を覚える。

リズミカルに乳房への愛撫《あいぶ》を続けるうち――瞳が脚をモジモジさせていることに気付く。

僕は手を伸ばし、下着の中に指先を忍び込ませた。

「……あ！」

「……濡れてるよ、瞳」

「あうー……」

「こんなに濡れるものなんだ……」

「まーくん。か、解説はカンベン〜」

「あ、ゴメン……」

つい、赤面する僕。それでも、興味の矛先が移ってしまったからには、身体をずらして瞳の股間《こかん》に顔を持っていくしかあるまい。

瞳の脚は、ピッタリと閉じられている。

「全部見てもいいよね？」

「恥ずかしいけど……うん……」

下着をするすると引き降ろす。すると、その小さな布から、フッと甘い体液の香りが漂った。

「汗……の、匂《にお》いかな？」

「はうーっ⁉」

「わわっ！」

——下着は、速攻で奪われてしまいました。

「ま〜く〜ん〜っ！」

「じょ、冗談だってば」

「知らない（ぷい）」

「ごめんよ。でも、瞳のこと、何でも知りたくて」

「う……」

「瞳のことが本当に好きだから」

「……まーくん、ズルイ。そんなこと言われたら、怒れないよぉ」

「じゃあ、続けるよ？」

「ん……」

「えーと……脚を開いてくれないと……」

「…………」

——正直、瞳の気持ちは分かる。

しかし、今さら後へは退《ひ》けないのだ！

「瞳さーん……」

「うう、わかったよう……」

僕の呼びかけに、瞳は渋々応じてくれた。閉じられていた脚が、少しだけ開く。

帯状の淡い陰りと、その間にある秘められた場所がかすかに見えた。

けど、これでは何もできない。

僕は瞳の太股《ふともも》をぐいと広げた。

「きゃ！」

反射的に脚が閉じられる前に、僕は顔を股間に滑りこませる。

「あ……な、何するの？」

「こうする」

答えながら、指先で軽くさする。

すると、濡れ落ちたしずくが、指先にまとわりついてきた。さらに、しずくは次々と奥からあふれてきた。

「く……うん！」

可憐《かれん》な喘《あえ》ぎ声が耳に届く。興奮が強まる。

唇を寄せ——その部分にキス。

「きゃん！」

瞳が一瞬だけ、背中を浮かせた。そんなに強い刺激とは思えないのに、反応は過敏なほどに大きい。

「ん……シャワー……浴びてないから……汚いよ……」

「いいよ」

『その場所』だと思われる小さな穴に、そっと舌を差し入れる。

鼻先を独特の匂いがかすめた。その芳香は麻薬のように、僕の理性を麻痺《まひ》させていく。

舌を使う。ねぶっているのはこちらなのに、逆にねぶり返されるような感覚があった。

じんわりとにじむ液を吸い取ろうとしてみたけど、唾液と愛液の混じったものはどんどんあふれ、際限なくこぼれ落ちた。

「あぁん、飲まないでぇ……なくなっちゃう……」

「平気だよ、きっと……これだけ吸っても、まだあふれてくるんだもん」

「はぁう～」

羞恥《しゅうち》に顔を覆う瞳が初々しい。

僕は、せきたてられるように接吻《せっぷん》を再開する。

「きゃう……く…うぅん……ふ！」

鼻にかかったような声。

こちらが愛撫するごとに、下肢は敏感に反応して波打つ。

「……ぁ」

不意に、今までとは異なる種類の痙攣《けいれん》が走った。

数度、身体がビクンと揺れると、瞳の呼吸が少し荒くなっていた。

そして、妙に可笑《おか》しそうに告げる。

「あはは……イっちゃった……みたい」

「え、あれだけで？」

「驚いたぁ……だって、気持ちいいんだもん」

「…………」

そんなものなのか――〝初めて〟の僕には、見当がつかない。

「もう……いいよ……」

「え？」

「だから……そのね……」

思わず、ギクリとした表情を浮かべる僕。緊張と興奮が、僕の身体の中で渦巻いている。

「……じゃあ、いくけど……本当にいいんだね？」

「……うん」

瞳に覆い被さると、僕は自分の興奮したモノをあてがい、ゆっくり腰を進めた。

きつい入口に侵入すると、瞳は苦痛の表情を浮かべる。

「痛っ！」

「……無理そう？　やめておこうか？」

「今、やめられちゃう方が痛いかな……心が」

――そーいう風に言われると、妙に照れるな。

「だって、まーくんと結ばれる最初の時なんだもん。変なふうに終わりにしたくない」

「瞳……」

「わたし、まーくんのことは一生……ううん、二生も三生も好きでいたいから……思い出にしたいから」

痛みに軽く顔をしかめながらも、瞳は笑ってくれた。その笑顔で、僕の心もずいぶん軽くなる。

「それに、まーくんと一つになるんだもん……平気だよ。続けて」

「……そりゃ、責任重大だ」

軽口を叩《たた》いてから、僕はできるだけそっと、腰を押し入れる。

瞳は相変わらず痛そうだったけど、もう苦痛の声をもらすことはなかった。

緊張していたので気付かなかったけど、きつい入口を抜けると、あとはいくぶん楽に挿入することができた。

「入った……」

「……うん」

ずっと——こうなることを望んでいた。

瞳は温かく、そして柔らかく僕を包んでくれる。

「瞳の中、温かいんだ」

「わたしも……まーくんの、感じる。すごく熱い」

「動くよ」

ゆっくりと腰を前後させると、引きつるような締めつけがあった。

「ん……」

瑞々《みずみず》しい瞳の身体を抱きかかえ、より深く結合しようと律動を繰り返す。

何度も繰り返すうちに——自分でも驚くほど、あっという間に高ぶりに襲われた。

「あ、ゴメン……もうっ……」

「うん」

身を離そうとする僕。ところが瞳は、いきなりギュッと抱きしめてきた。

「瞳……っ!?」

「いいの」

「あ……ウッ……！」

次の瞬間、僕は彼女の内部に吐き出してしまう。

「あ……少し感じた……熱いんだ」

吐息混じりに感想を述べる瞳。逆に、僕の方は気が気じゃない。

「平気……だったの？　その……避妊……」

だけど——瞳は、嬉しそうに笑ってくれた。

「うん。それに、ずっとこうしてほしかったの」

「瞳……」

不意にいとおしくなり、結合を解き、身を乗り出して唇を奪う。

「ん……む……」

さっきよりも激しいキス。舌を差し入れると、瞳の方から引き入れ、自分のそれを積極的に絡ませてくる。

——驚いた。

たった今、放出をすませたばかりの僕の分身が、あっという間に硬度を取り戻し始めたのだ。

「……あ、あれ？　あれ？」

僕は思わず唇を離し、驚きの声を上げてしまう。

怪訝《けげん》そうな表情を見せた瞳も、僕の股間を物珍しそうに凝視する。

「どしたの、まーくん……うわ、エッフェル塔」

「ううむ……生命の神秘」

瞬時に準備の整った——しかも、今日が初めての僕に、この猛りを放置することなど考えられなかった。

「ねえ……痛みは？」

恐る恐る尋ねると、瞳は恥じらいながらも呟《つぶや》いた。

「ちょっとジンジンするけど……でも」

「でも？」

「キスしてたら……なんだか身体が熱くなってきちゃったよう……」

「え……？」

「だから……して。いっぱい」

「瞳……！」

——もう、たまらない。僕は瞳の柔らかい肉体を抱きしめ、押し倒した。

そして、首筋から乳房にかけて軽く口づけを繰り返しつつ、その身体をうつむけにひっくり返す。

「えっ？　こ、こんな格好で？」

シミ一つない白い背中と、形の良いお尻が、男の欲求をそそる。

誰《だれ》にも見せたくない——本気で思った。生まれて初めての、独占欲だった。

「いくよ」

「ん……」

白い臀部《でんぶ》の双丘に手を添え、痛いくらいに膨張しきった自分のモノを差し入れていく。

今度は、さっきよりずっとスムーズに奥まで達した。

「……きゃう！」

尖端が最奥を小突くと、瞳が可憐な悲鳴を上げた。

「すごい……さっきより奥に……ああ！」

内部の粘膜が、さっきよりも激しくうごめいていた。

たった2度目なのに、なんだかすごくこなれてきたように思える——僕は、女体の神秘に酔いしれた。

「痛みは？」

「もう……ほとんどないみたい……ああ、しびれちゃってる……」

「もっとしびれていいよ」

動く。

全身を使って、瞳を背後から貫く。

小刻みに抽送を繰り返し、たまに最奥まで突く。

「あっ、あっ、あっ、あっ……きゃん！」

一挙動ごとに瞳が素直に反応し、僕の本能を否応なくかき立てる。

何分ほどそうしていたのか——気がつくと、僕も瞳も汗まみれになっていた。

朱色に染まり、汗を吹いた瞳の背中が艶《つや》っぽい。

僕は上半身を倒して、背中に舌と唇を這《は》わせた。

「あぁぁぁ……」

ぴくぴくと震える瞳。彼女の性感帯は、背中にもあるらしい。

「瞳って……すごく感じやすいんだね」

「それは……まーくんだから……まーくんのが熱いから……」

「瞳のだって……こんなに強く締めつけて……」

「ああ、もっと……もっとお……」

誘惑の言葉に、まぶたがチカチカするような高ぶりを覚える。

僕は瞳の腰をつかみ、ぐいっと四つん這いの姿勢に引き起こす。

「あ……こんなえっちな格好で……するの？」

「ああ、そうだよ」

「やあぁぁん」

「ひ、瞳……っ！」

律動を再開する。

激しく、そして休むことなく腰を打ちつける。

瞳はさまざまな声色で、可愛《かわい》らしくよがり続けた。

「あっ、あっ、あっ、あーっ！」

「すごい……あっ、あっ、あっ、あっ……こ、こんなの……しびれ……っ！」

「いやぁぁぁぁぁん！」

——獣のように性交を重ねる。

部屋には瞳の喘ぎ声と僕の荒い呼吸、そして肌と肌のぶつかる音が響く。

むっとする二人の体臭が、僕の部屋を満たした。

「あうぅ……わたし……また……」

瞳の締めつけが強まり、背筋が弓なりに反った。絶頂は間近だ。

僕は一際深いストロークを繰り出すと、ほぼ同時に限界を迎えた。

「ハァ、ハァ……瞳ぃっ……クッ！」

「あ……あぁぁぁぁぁぁんっ！」

絞り取られた精が、瞳の体内に注ぎ込まれる。

かすれるような悲鳴を最後に、瞳はベッドにぐったりと突っ伏した。一歩遅れて、僕も彼女の上に覆い被さる。

重いかも、と心配したけど、しばらくは自力で動けそうにない。まさに、精根を使い果たした感じだ。

荒い呼吸が整うのを待ちつつ、瞳のかわいい呼吸に耳を傾ける。

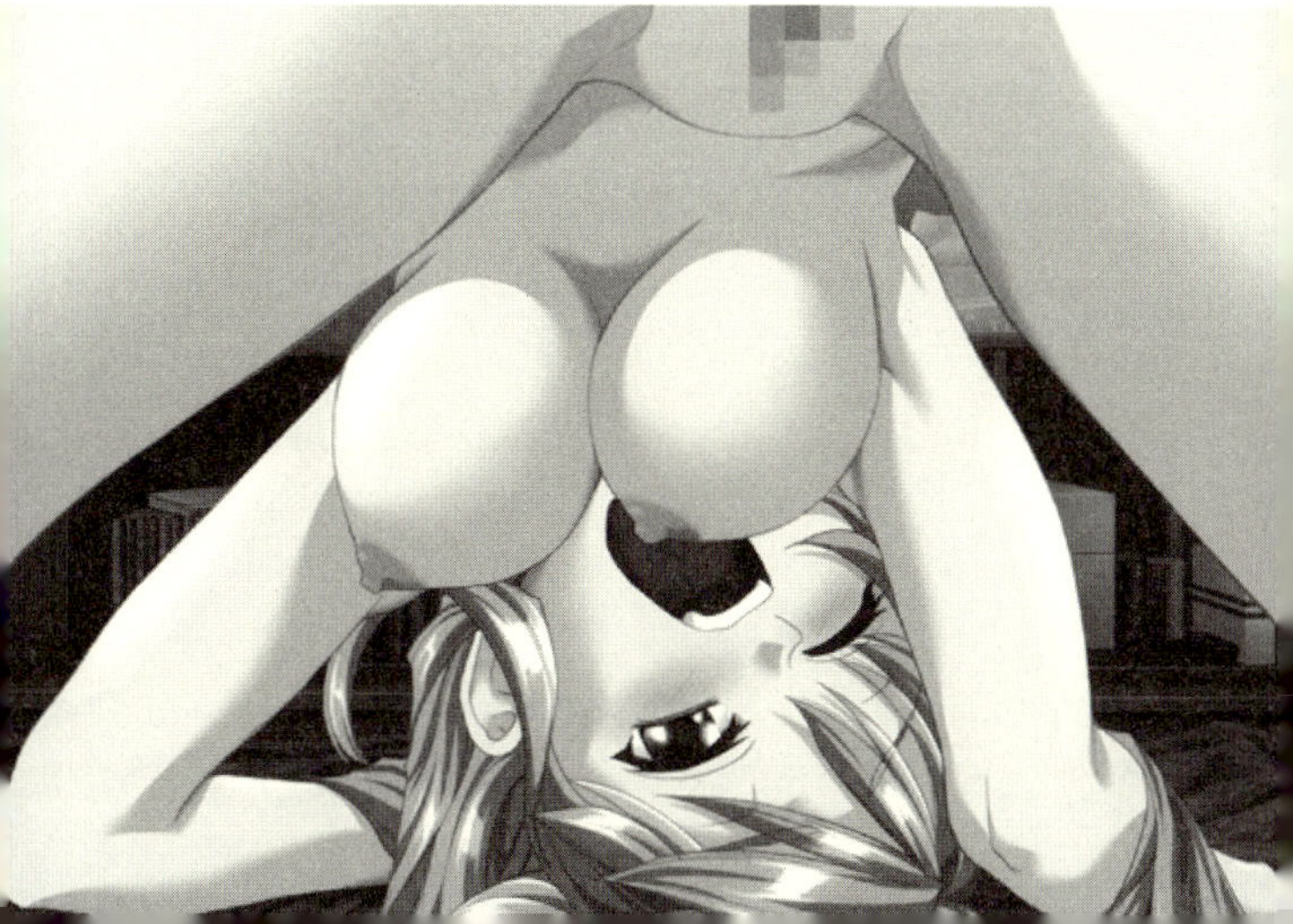

すると瞳は、ささやくように口を開いた。

「……だいすき……」


翌週。

僕は空港に向かうため、駅に来ていた。

――あれから瞳とは、ほとんど一歩も外に出ることなく、同棲状態《どうせい》で日々を過ごした。

毎日、一緒にシャワーを浴び、一緒にテレビを見て、一緒に眠った。

同じ店屋物を食べ、同じソファに座り、同じベッドで愛し合った。

僕がSASに行けば、もう当分は会えなくなる。

それを惜しむかのように、二人の時を必死になって刻んだ。

そして今朝――僕は瞳に見つからないように早起きし、そっと駅に来た。

「……なあ、本当にええのか？」

「改まって会うと、別れるのつらくなるし」

「まあ、気持ちは分かる。俺も望遠鏡を修理に出す時は……」

「分かった分かった」

別れ際にまで、慎太郎の望遠鏡話を聞かされたいとは思わんぞ。

既に大学生の天子部長も、わざわざ見送りに来てくれた。

「頑張《がんば》れよ」

「はい」

「うむ、いい目だ……私たちの知らない世界を、その目で見てこい。そして、話を聞かせろ！」

――相変わらずの仏頂面。

その表情を一瞬だけほころばせてくれたのが、僕は嬉しかった。

在校生代表（？）のゆかりちゃんは、

「心配しないでください。瞳ちゃんは、あたしが責任を持って、ラヴな関係になっておきます♪」

――このコはこのコで、相も変わらぬ際どい冗談を飛ばしてくる。

僕も、調子を合わせてみた。

「でも、変な虫が近寄ったら、ちゃんと追っ払ってよ」

「任せといて、ま・あ・く・ん（はあと）」

――このコにゃたぶん、口では一生勝てないな。

ピリリリリリリリ――発車音がホームに響き渡った。

「ヘイ、マサキ、そろそろ乗らないとまずい」

「うん、今行く」

ジョンの催促に応じる僕に、慎太郎は肝心なことを聞いてくれた。

「瞳ちゃんには俺から言うとくわ……なんか伝言あるか？」

「そうだね……じゃあ、『いってきます』……って」

「……確かに」

車両に乗り込む間際、僕の一番の悪友は、下手くそなウインクをしてみせた。


「……いい友だな」

「ジョンも含めて、ね」

「世辞を言っても、おごれるモノはないぞ？」

ニヤリと笑みを浮かべながら、ジョンは僕たちの座席を捜す。

「さて、私たちの席は……14のABだから……おや？」

動きの止まったジョンの脇《わき》から覗《のぞ》き込むと、僕たちの席に先客がいた。ジャケットを毛布代わりにして、ぐっすり眠っている。

「Zzzzz」

「指定席なのに……」

「マナーの悪い人間はどこにでもいるものだな。しかし……何だ、この大量の箱は？」

あきれ顔で、ジョンは先客の身体を揺する。

「もしもし、すいません」

「Ｚｚｚｚ」

――寝起きは悪そうだ。

「あのー」

今度は、僕が声をかける。すると――寝言が返ってきた。

「ううん……てやんでぃばーろーちくしょう……」

「夢を見ているみたいだ……ん？」

ふと、気付く。

このヒトのかぶってるジャケット――僕のじゃないか！

「君のと同じタイプのものなのか？」

「そうじゃなくて、僕のヤツ。ほら、ここに穴が空いている。間違いない」

「ということは……？」

ジョンと僕が驚いて見つめる中、先客はモゾモゾと動き始めた。

「うぅん……はっ！　いけない……寝ちゃったんだあ……あ」

「へ……？」

「………」

「………」

3人そろって、キッチリ5秒は固まってしまった。

最初に我に返ったのは、僕。

「……何やってんだ、瞳ーっ!?」

すると、何故《なぜ》かこんな所にいる瞳の反応は、倍返しだった。

「あー、まーくん！　わーん、バカバカバカ、どーして一人で行っちゃうの～！　見送りするって約束してたのに～！」

「瞳……それより……」

「ひどいよひどいよひどいよ、嘘《うそ》つき通り越して泥棒だよ！　こーいうのが一番傷つくんだからね！　それに……」

「それより、瞳……これ特急なんだけど……」

「え？」

ジョンに指摘され、ようやく瞳も理性を取り戻す。

「はうー、そうだったーっ!?」

「これ、お土産お土産お土産！　それとおにぎり弁当、ジョンの分もあるから飛行機の中で食べて！　あと……あと……」

「分かった。あとは大丈夫！　それより、早く降りないと！」

「あ、うん……（ドンガラガッシャーン！）はわぁぁぁぁぁっ⁉」

慌てた瞳は、上着の裾を引っかけ、自分で用意したお土産の塔を倒す。

「痛たたた……やだ、ごめんなさい！」

「いいから、それはこっちで処理するから早くってば！」

「はい！」

瞳はダッシュで車両から降りようとして——突然、ぴたりと立ち止まる。

「？」

そして振り向くと、僕にいきなり飛びついてくる。

「……ん！」

「っ⁉」

突然のキス。

「……行ってらっしゃい」

「……うん」

「じゃあねー！」

——ようやく瞳は、車両を降りていった。

ジョンは無言で肩をすくめる。

乗客の視線が妙に微笑《ほほえ》ましげなのが、やたら恥ずかしい。

たまたま目の合った恰幅《かっぷく》のいい老婦人が、慎太郎よりも上手なウインクを寄こした。

――特急が動き出す。

「むー……まったく、最後の最後まで……」

嬉しいやらあきれるやら、感情の整理のつかない僕に、ジョンは苦笑しながら席を勧めてくれた。

「さ、これを片付けて早く座ろうじゃないか。しかし、お土産というのは旅人が帰ってきた時に、故郷の人間に渡すものだと思ったが……」

「そうなんだけど……それにしても、よくもまあこれだけのモノを……」

雑多な土産物。瞳のことだから、時間がなくて、売店で適当に買いまくったのだろう。生八ツ橋、温泉饅頭《まんじゅう》、あんころ餅《もち》――よりにもよって、地方銘菓ばかりだった。

ふと、それらの箱の一つに挟まれた写真を見つける。

「あ……これは……」

――Vサインをした瞳の写真だった。

「……ジョン」

「何だい？」

僕は、真面目な顔を作って尋ねた。

「もうホームシックにかかったなんて言ったら、怒るかい？」

ジョン、真面目な顔で答えていわく、

「その時は殴って気絶させてでも連れていくさ」

「………」


長い旅がはじまる。

特急で空港へ。

さらに飛行機でグァム島を経由し、フロート・アイランドへ。

そして――ロケットに乗って、星空の世界に行くのだ。

二人分の夢を背負って――!!

エピローグ

負荷がかかる。

約1・6G——身体が重い。

雲が一瞬で背後に抜け、2分もしないうちに視界は暗黒に、次いで青くなる。

『制御、針路ともに正常』

Gが増えていく。1・8、1・9、2・0——最大2・5にまで跳ね上がる。

『マックスQ突入……幸運とスピードを』

そして猛烈な振動。満腹だったら吐いている。

マックスQ——ロケットと空気抵抗との戦いが、最も激しくなるポイント。

およそ50秒の我慢の後、SRB——個体ロケット・ブースターが燃え尽きると、振動もGも嘘《うそ》のように消え去った。

「SRBセパレーション確認」

『了解。続いて緊急脱出ロケット切り離しを』

「切り離し確認」

『燃焼終了まであと30秒』

「メイン・ブースター燃焼終了。切り離し……MBセパレーション確認」

『インパルス、来ます』

衝撃波。しかしオービターには大事はない。

エピローグ

どこかで「ごー」という音が聞こえたような気がした。

「OMS点灯確認。高度208キロ……軌道に乗った」

「暗い」

――第一声。

この交信記録はSASに永遠に残されるはずだ。

ここはもう――軌道上。

静寂と暗黒の世界だった。

太陽光が届かない地球の裏側――夜の世界。

「来たんだ……宇宙に。管制センター？」

『……ご感想は？』

「地球が大きい……とても一目で見渡せない。でも……街が見える」

『街？』

「街の光だ。結構、キレイ……」

その時、船内に光が差し込む。

「あ……」

『トラブル？』

「違う。東の空、紫色の……プリズムみたいな光……」

思いつくままに言葉を並べる僕の脳裏に、不意に正解がひらめく。

「……そうか、夜明けだ」

大気がプリズムの役目を果たし、地平線から差し込む陽光を紫、青、オレンジ――赤、と七色に染めあげる。その光はあたかも、虹《にじ》の弓のようにも見えた。

僕は言葉を失う。

信じられないくらい美しい光景。地上のどこにも――あるいは、他の宇宙空間のどこにも存在しない、大宇宙の至宝。

虹のような輝きが頂点に達し、太陽が完全に姿を見せると――ブルーの地球が、一気に視界に飛び込んできた。

――僕は、思わず涙をこぼさないように気を引き締め、交信を続ける。

「……管制センター」

『なぁに？』

管制センターから届く声は、あふれる好奇心を隠そうともしていない。

不覚にも苦笑を漏らしながら、僕は最も重要な固有名詞を、交信記録に刻む。

「ここには最高の眺めがある。帰ったら、約束通りいっぱい話すよ……瞳」

『うん！』

（END）

あとがき

　この作品に登場する、「ジョン・ウィリアムズ」というキャラクターの名前……皆さん、聞き覚えがありませんか？

　本文の中では「世界的な作曲家と同名」と書きましたが、具体的に言うと、「ジョーズ」や「ロストワールド」などのスピルバーグ作品を始め、「スター・ウォーズ」「スーパーマン」「ホーム・アローン」など、数多くの映画音楽を手がけた、現代作曲家の巨匠の名前なのです。

（変わったところで、ロサンゼルス・ソウル・アトランタの各オリンピックのファンファーレも手がけておられます）

　島津は今回、ジョン・ウィリアムズ氏の曲をBGMにしてノベライズ執筆を続けたワケですが……この方の創り上げた華麗なメロディーは、聴く人を本当にワクワクさせてくれます。

　CDショップの映画サントラ・コーナーに行けば、「作曲／ジョン・ウィリアムズ」のCDが何枚も置いてあるはずですので、興味のある方はぜひ聴いてみてください。

　では、またお会いしましょう……えっ？　編集さん、どうしました？

……今回のあとがきは3ページある!?　それは予想外だったなぁ（笑）。

島津が、この仕事をするに至った経緯をたどってみると……全ての〝ルーツ〟は、1台のワープロだったような気がします。

昔から、島津は何しろ字が下手で（習字の授業があるってだけの理由で、国語がキライだったくらいですから）、文章を書くなどという作業とは、およそ無縁の生活を続けていました。

そんなある日（中学生の頃でしょうか）、はがきの宛名書きの目的で、両親がワープロを買ってきました。当時のワープロは、ディスプレイが30字×4行程度しかない、今から考えれば思い切り旧式のマシンです。

でも、そのワープロを前にして、僕はチラリと気まぐれを起こしたんです。

「直筆じゃなくても書けるなら……ちょっと、何か書いてみようかなあ」

……思えば、文章を書くことにハマったのは、この瞬間でした。

SF作家の火浦功先生の著作にのめり込んだのも、ほぼ同時期（それ以前、フィクションはほとんど読んでませんでした）。目指す道が決まる瞬間っていうのは、本当にあっけないものです。

もちろんその後、さまざまな紆余曲折があるワケですが……まだまだ頑張らなきゃいけない今、その辺は自主規制ってコトで（笑）。

でも、このような〝ルーツ〟って、巡り会った時点ではそれが〝ルーツ〟だとは気付かないものなんでしょうか。

少なくとも島津の場合、「あのワープロがキッカケだったかなー」と思ったのは、初めてノベライズの仕事をさせていただいた後でした。

これを読んでくださってるみなさんも、知らないウチに、後でビックリするような〝ルーツ〟に出会ってるかもしれませんね。

最後に、原作ゲームメーカーのディーオー様と、パラダイムの久保田様、この本を買ってくださったみなさんに、お礼を申し上げます。ありがとうございました。

それでは、またお会いしましょう。


日本代表がフランスに完敗した日に　島津出水

星空ぷらねっと

2001年5月30日 初版第1刷発行

著 者 島津 出水
原 作 ディーオー
原 画 師走の翁

発行人 久保田 裕
発行所 株式会社パラダイム
〒166-0011 東京都杉並区梅里2-40-19
ワールドビル202
TEL03-5306-6921 FAX03-5306-6923

装 丁 林 雅之
印 刷 図書印刷株式会社

既刊ラインナップ

定価 各860円+税

1 悪夢～青い果実の散花～ 原作:スタジオメビウス
2 脅迫 原作:アイル
3 痕～きずあと～ 原作:リーフ
4 慾～むさぼり～ 原作:May-Be SOFT TRUSE
5 黒の断章 原作:Abogado Powers
6 淫従の堕天使 原作:DISCOVERY
7 Esの方程式 原作:Abogado Powers
8 歪み 原作:May-Be SOFT TRUSE
9 悪夢 第二章 原作:スタジオメビウス
10 瑠璃色の雪 原作:アイル
11 官能教習 原作:テトラテック
12 復讐 原作:クラウド
13 淫Days 原作:ルナーソフト
14 お兄ちゃんへ 原作:ギルティ
15 緊縛の館 原作:XYZ
16 密猟区 原作:ZERO
17 淫内感染 原作:ジックス
18 月光獣 原作:ブルーゲイル
19 告白 原作:ギルティ
20 Xchange 原作:クラウド
21 虜2 原作:ディーオー

22 飼 原作:13cm
23 迷子の気持ち 原作:フォスター
24 ナチュラル～身も心も～ 原作:フェアリーテール
25 放課後はフィアンセ 原作:スィートバジル
26 骸～メスを狙う顎～ 原作:SAGA PLANETS
27 朧月都市 原作:GODDESSレーベル
28 Shift! 原作:Trush
29 いまじねぃしょんLOVE 原作:U・Me SOFT
30 ナチュラル～アナザーストーリー～ 原作:フェアリーテール
31 キミにSteady 原作:ディーオー
32 ディヴァイデッド 原作:シーズウェア
33 紅い瞳のセラフ 原作:Bishop
34 MIND 原作:まんぼうSOFT
35 錬金術の娘 原作:BLACK PACKAGE
36 凌辱～好きですか?～ 原作:アイル
37 My dearアレながおじさん 原作:ブルーゲイル
38 狂*師～ねらわれた制服～ 原作:クラウド
39 UP! 原作:メイビーソフト
40 魔薬 原作:FLADY
41 臨界点 原作:スィートバジル
42 絶望～青い果実の散花～ 原作:スタジオメビウス

43 美しき獲物たちの学園 明日菜編 原作:ミンク
44 淫内感染～真夜中のナースコール～ 原作:ジックス
45 My Girl 原作:Jam
46 面会謝絶 原作:シリウス
47 偽善 原作:ダブルクロス
48 美しき獲物たちの学園 由利香編 原作:ミンク
49 せ・ん・せ・い 原作:ディーオー
50 sonnet～心かさねて～ 原作:ブルーゲイル
51 リトルMyメイド 原作:スィートバジル
52 flowers～ココロノハナ～ 原作:CRAFTWORK side・b
53 サナトリウム 原作:ジックス
54 はるあきふゆにないじかん 原作:トラヴュランス
55 プレシャスLOVE 原作:BLACK PACKAGE
56 ときめきCheck in! 原作:クラウド
57 散櫻～禁断の血族～ 原作:シーズウェア
58 Kanon～雪の少女～ 原作:Key
59 セデュース～誘惑～ 原作:アクトレス
60 RISE 原作:RISE
61 虚像庭園～少女の散る場所～ 原作:BLACK PACKAGE TRY
62 終末の過ごし方 原作:Abogado Powers
63 略奪～緊縛の館 完結編～ 原作:XYZ

パラダイム出版ホームページ　http://www.parabook.co.jp

64 Touch me～恋のおくすり～ 原作:ミンク
65 淫内感染2 原作:ジックス
66 加奈～いもうと～ 原作:ディーオー
67 PILE・DRIVER 原作:ブルーゲイル
68 Lipstick Adv.EX 原作:フェアリーテール
69 Fresh! 原作:BELL-DA
70 脅迫～終わらない明日～ 原作:アイル【チーム・Riva】
71 うつせみ 原作:BLACK PACKAGE
72 Xchange2 原作:クラウド
73 M.E.M.～汚された純潔～ 原作:アイル【チーム・ラヴリス】
74 Fu・shi・da・ra 原作:ミンク
75 絶望～第二章～ 原作:スタジオメビウス
76 Kanon～笑顔の向こう側に～ 原作:Key
77 ツグナヒ 原作:ブルーゲイル
78 ねがい 原作:RAM
79 アルバムの中の微笑み 原作:curecube
80 ハーレムレーサー 原作:Jam
81 絶望～第三章～ 原作:スタジオメビウス
82 淫内感染2～鳴り止まぬナースコール～ 原作:ジックス
83 螺旋回廊 原作:ruf
84 Kanon～少女の檻～ 原作:Key

85 夜勤病棟 原作:ミンク
86 使用済～CONDOM～ 原作:ギルティ
87 真・瑠璃色の雪～ふりむけば隣に～ 原作:アイル【チーム・Riva】
88 Treating 2U 原作:ブルーゲイル
89 尽くしてあげちゃう 原作:トラヴュランス
90 Kanon～the fox and the grapes～ 原作:Key
91 もう好きにしてください 原作:システムロゼ
92 同心～三姉妹のエチュード～ 原作:クラウド
93 あめいろの季節 原作:ジックス
94 Kanon～日溜まりの街～ 原作:Key
95 贖罪の教室 原作:ruf
96 ナチュラル2 DUO 兄さまのそばに 原作:フェアリーテール
97 帝都のユリ 原作:スィートバジル
98 Aries 原作:サーカス
99 LoveMate～恋のリハーサル～ 原作:ミンク
100 恋ごころ 原作:RAM
101 プリンセスメモリー 原作:カクテル・ソフト
102 ぺろぺろCandy2 Lovely Angels 原作:ミンク
103 夜勤病棟～堕天使たちの集中治療～ 原作:ミンク
104 尽くしてあげちゃう2 原作:トラヴュランス
105 悪戯Ⅲ 原作:インターハート

106 使用中～W.C.～ 原作:ギルティ
108 ナチュラル2 DUO お兄ちゃんとの絆 原作:フェアリーテール
109 特別授業 原作:BISHOP
110 Bible Black 原作:アクティブ
111 星空ぷらねっと 原作:ディーオー
112 銀色 原作:ねこねこソフト
114 淫内感染～午前3時の手術室～ 原作:ジックス
115 懲らしめ 狂育的指導 原作:ブルーゲイル
116 傀儡の教室 原作:ruf
119 姉妹妻 原作:13cm

好評発売中!

120. Natural《ナチュラル》 Zero《ゼロ》+《プラス》
〜はじまりと終わりの場所で〜

フェアリーテール　原作
清水マリコ　著

小説家の章吾は、最愛の妹・吉野を失い傷心していた。執筆に専念するために出版社が用意したアパートで、妹の面影を感じさせる鞠乃と出会う。彼女との同棲生活が始まり…。

123. 椿色のプリジオーネ

ミンク　原作
前園はるか　著

西園寺顕嗣は父親の急死により、世界的大企業を継ぐことになった。5年ぶりに戻ってきた屋敷では、4人のメイドが出迎えてくれる。だが、閉ざされた屋敷内で殺人事件が起こる！